さみしくなったら名前を呼んで

山内マリコ

さみしくなったら名前を呼んで

目次

さよちゃんはブスなんかじゃないよ

子供のころに見た、テレビでの一幕でした。

その番組やほかの出演者のことはまったく憶えていないし、どんな文脈から出てきた発言なのかも忘れてしまったけれど、とにかくケロンパことうつみ宮土理が、いつものあの調子で、こんなことを言ったんです。

「あたしみたいに変ちくりんな顔でもね、パパが可愛い可愛いって言ってくれたから、あたしは自分のことを可愛いって思えるようになったの。それでこんな性格になっちゃったってわけ！」

ああ、わたしにもうつみ宮土理の父親みたいな人がいればいいのに。きみは可愛いよ、すごく可愛いんだよって、ちゃんと目を見て言ってくれる誰か。そんな人がそばにいれば、わたしも〝ケロンパ〟みたいな愛称で呼ばれる、可愛げのある女の子になれたかもしれない。

せめてもの慰めに、鏡を見るたび、心の中でうつみ宮土理の父に、こう言ってもらいました。

「可愛い可愛い。さよちゃんは可愛い。さよちゃんはブスなんかじゃないよ。ほんとだよ」

　そんなふうにしてわたしの前半生は、可愛く生まれてこなかったことへの適応に費やされました。持って生まれた自分の外見と折り合いをつけるだけでも一苦労なのに、外見のせいでひねくれた内面はドロドロと黒い血を流して、妬み嫉みで醜く変形しています。恋愛なんてものをする身分ではないと、自分を卑下して生きてきたんです。

「今日ここに来るまでの二十一年間、本当にいろんなことがありました」

　そう打ち明けると彼は、ブサイクな顔に人の良さそうな笑顔を浮かべて、こんなふうに切り返しました。

「そうでしょうね。ブスがリスカもせずにここまで生きたなんて、表彰ものですよ」

「まあ」

　ツイッターでお馴染みの、グサッと突き刺すユーモアに思わずクスッと笑って、今度はわたしがこう言いました。

「だってブスがリスカなんかしても、誰も助けに来ませんからね」

　あはははははは。

わたしたちは初対面にもかかわらず、ジブリ映画のラストシーンのように笑い合いました。

もう少しだけ、わたし自身の話をさせてください。

ブスなら男子に手ひどい目に遭わされたことが一度や二度はあるものですが、小学校高学年になってからはエスカレートして、廊下を歩いていると後ろから飛び蹴りされる、なんてことが日常茶飯事になりました。わたしに触ることを罰ゲームにした遊びが流行り、休み時間になると必ず誰かがやって来ては、毛虫にでも触るようにわたしの腕や背中にタッチしていきます。そして触るや否や、彼らは嫌悪感いっぱいの顔でパッパッと払うんです。いじめられているという事実にわたしは深く傷つき、男子が全員嫌いになりました。

だから私立の女子校を目指して、中学受験を選んだのです。無事に合格したとき、心底ほっとしたのを憶えています。これでもう男子と関わらなくていいんだ、蹴られたり、怒声で罵倒されたり、傷つけられることもないんだと思うと、涙が溢れました。中高一貫の女子校はユートピアでした。しかし疎外感は拭えません。長年のいじめと外見コンプレックスのせいで、信じられないほど卑屈な性格になっていたため、女子から親切心を向けられても、施しと受け取ってしまうのです。

わたしはずっと、自分をイグアナの娘だと思って、それだけを支えに生きてきました。萩尾望都（はぎおもと）先生の名作『イグアナの娘』の主人公は、母親と自分にはイグアナに見えるけれど、本当はけっこう美少女という設定です。わたしの場合、鏡をのぞきこむと、そこにいるのはブスです。イグアナよりはマシ……というささやかな慰めと、わたしも誰かの目には美少女に見えているかもしれない、というわずかな望みを託していました。

一つだけ希望はありました。早くおばさんになることです。若さや美しさの呪縛から解放されて、主婦の座にどっしりとあぐらをかいている女性たち。わたしも早くあなりたい。あんなふうに半径二キロ圏内の安全な世界でちんまり暮らしたいなぁと、密（ひそ）かに憧れていました。

でもわたしのような女が結婚なんて無理に決まっています。そもそも男の人と、まともに口をきいたことすらないのです。彼らはわたしのような女子を、馬鹿にせずにはいられない嫌な生き物です。ブスに対する彼らの冷たさは、想像を絶するものがあります。ユダヤ人に対するナチスのごとく、と言っても過言ではありません。そう思って敬遠してはいるものの、このまま男の人を避けて生きるというのは、なんだか違う気もしていました。

そんなある日、ファットボーイさんのこんなツイートのせいで、わたしは夢を見てしまったのです。

〈クリスマスの自殺防止に誰か相手してください。但し当方ものすごいブサイクですｗｗｗ〉

ファットボーイさんのツイートは、ネット弁慶なのが見え見えで好感を抱いていましたが、容姿のランクについての言及は巧みに避けられていました。だからこそ自分を〝ものすごいブサイク〟と称したこの言葉は、本物のような気がしました。

実際会ってみて、たしかにブサイクだなぁと思いました。と同時に、わたしはすごくほっとしたんです。この人になら自分をさらけ出せるかもしれない。キスをしたり、体に触れ合ったり、愛し合うことができるかもしれない。

十二月の金曜の夜は雨が降っていて、わたしたちはカフェの窓辺の席に座り、ぎこちなくあいさつしたあと、どちらからともなく語りはじめました。こんな顔に生まれてしまったがためにこれまで味わってきた苦難の数々を、息せき切って打ち明け合ったのです。

彼もまた、ハードないじめの経験者でした。中学校の昼休み、同級生に食らったラリアットに失神して、廊下で失禁してしまったエピソードなんて、わたしが受けたものとは暴力の桁が違います。ラブレターをもらったので指定の場所に行ったら、待ち構えていたクラスの女子に大笑いされたという事件にも、同情を禁じえません。それがトラウマになって、すっかり女性恐怖症になったそうです。大学で東京にやって来てもなお、友達にはバカにされ、バイト先ではイジられ役、風俗のお姉さんにまで毛嫌いされて、自尊心は車に轢かれた空き缶のようにぺしゃんこ……。それでも彼はそんな人生から、なにか大きな、生きるコツのようなものを摑んだのでしょう。おそらくそれは、わたしが編み出したコツと同じもの。そう、笑ってしまうのです。もう、笑うしかないのですから。辛すぎて、惨めすぎて。彼はすべてを受け入れたかのように、大笑いしながら、いいとこなしの身の上を語ってくれました。無尽蔵に出てくるショボくてカッコ悪いエピソード。聞いているうちにわたしも爆笑して、涙がぼろぼろこぼれました。そのうちに笑いは消え、気が付けばわたしたちは、ぐしゃぐしゃに泣き腫らしていました。

閉店で追い出されると、わたしたちは行き場をなくした子猫のように空き地にたどり着き、抱き合って天を仰ぎました。二人して赤ちゃんみたいに泣いて、よだれと鼻水でぐしょぐしょになった互いの顔を寄せ合い、それまでの人生を慰めるようにキスをしました。何度も、何度も、何度も。

彼の脂っこい髪に手櫛(てぐし)を這(は)わせ、頭を擦り切れるほど撫(な)で回しました。彼もわたしのニキビだらけの両頬(ほお)を手のひらで包み込み、ミッキーマウスがミニーマウスにするようにチュッチュッと小さなキスを何度もしました。すぼめた唇からハート型がふわふわ空に浮き出しそうな、そんなキスでした。


こうして世界一醜く、世界一愛し合っているカップルが誕生しました。

彼とわたしの間に、奇跡が起こったのです。

自分にピッタリの相手と出会って、恋人同士になって、キスをして、デートに出かけ、アパートにこもってセックスに耽(ふけ)り、時にはケンカもし、数え切れないほど素晴らしい体験ができて、これまでの酷な人生を、チャラにしてしまうほど幸福な日々が過ぎていきました。

二年――。

そう、あの日から二年が過ぎました。

そうして出会ったのと同じあのカフェで彼と別れ話をしながら、ああ、世界がディズニー映画みたいならいいのにと、わたしは思っています。

なぜ現実の世界には、真のハッピーエンドというものが存在しないのでしょう。生きている限り問題は、次から次へと湧き出てきます。一つ前進したと思ったら足をすくわれ、また次の問題にぶつかる。その繰り返しです。

わたしたちはいつ頃からか、お互いを最初のステップと見なすようになっていました。まるで計算高い女子高生が、高校時代の彼氏とゴールインするなんて無理と、はなから悟っているかのように。男女交際の壮大な予行演習をしているような気分でした。

わたしも誰かに女の子として認められたい思いで頭が一杯でしたし、彼だってそうです。でも次第に、彼はわたしみたいなブスが彼女だなんて恥ずかしいと、思うようになっていました。そういうのって、態度でわかるものです。そしてそれはわたしが、何よりも許せないことでした。

二度と恋人ができなかったらどうしようという猛烈な恐怖を振り払って、わたしは言いました。

「じゃあ、ここで」

寒さに身を縮めながら、わたしたちは別々の方向に歩き出しました。

歩きながら、わたしは気づきました。

もしまた恋をすることがあっても、彼とはじめて出会ったあの夜みたいに、誰かと完璧に心を通わせて、人目も憚らず抱き合って泣き、キスをするなんてことは、二度と起こらないんだと。ああいう瞬間は、人生に一度きりなんだと。

それでもいいんです。

わたしは顔を上げ、歩き続けます。

真っ暗なショーウィンドウが街灯や信号機の光を反射させ、十二月の景色を鏡のように映していました。

赤信号で立ち止まったわたしは、ウィンドウにそっと近づき、自分の顔を見据えました。

ブスだと思いました。二年前よりほんのちょっとだけニキビは治ってきているけれど、そんなのはほんの気休め、根本的にブスだと改めて思いました。けれどただのブスじゃない。誇り高きブスです。

「さよちゃんは可愛い。さよちゃんはブスなんかじゃないよ。ほんとだよ」

わたしは一人で立っている彼女に、そう声をかけてやりました。

昔の話を聴かせてよ

おばあちゃんはテレビで淡島千景の元気な姿を見るとすごくよろこぶ。「淡島さんのお着物すごく素敵ね」と、まるで知り合いみたいにさん付けで呼ぶ。おばあちゃんとテレビの親和性の高さはちょっと異常だ。ほとんど対話する勢いでテレビに見入っている。

重そうにリモコンを操作する、おばあちゃんの手の甲は枯れ枝のよう。皮膚には茶色い斑点がぽつぽつ浮かび、あたしでも軽々とお姫様抱っこできそうなくらい華奢で、髪は綿菓子みたいにふわふわと白い。激しく老化しているけれど、どこもかしこも清潔で、牛乳石鹸のいい匂いがする。八十歳を過ぎて数年経ち、おばあちゃんはまた一段階、年を取ったみたい。もうかなりファイナルステージ。人間これ以上老けることは不可能という地点だ。

二十歳の夏休みはおばあちゃんとばかり過ごした。

おばあちゃんはおじいちゃんに先立たれて以来ずっと一人暮らしをしている。うちの家族が同居を持ちかけたこともあったけど、断ったのはおばあちゃんの方で、一人の生活をわりと楽しんでいるみたいだった。なにしろ近くに友だちはたくさんいたし、次々に寿命が尽きる男性たちを後目（しりめ）に、いつしか女の園ができあがっていた。誰にも気兼ねしない暮らしに思うさま羽を伸ばし、お喋（しゃべ）りに精を出し、病気ひとつせず、けっこうよろしくやっている印象だった。

ところがここ数年で、長生きだったお姉さんが死に、女学校時代の友だちが死に、仲良くしていた町内の三芳（みよし）さんも入院してしまい、ついに話し相手が尽きて、さすがに寂しそうである。

お母さんは買い出しや掃除、庭の草むしりなど、細々した家事を手伝いにしょっちゅう顔を出すけれど、忙しいから用事が済んだらお茶の一杯も飲まずに帰っていく。

「だっておばあちゃん、わたしにはキツいことばかり言うんだもの」と薄情だ。実の娘にキツいのはお母さんも同じで、なにもすることがない地方の町にわざわざ帰省して、日夜ひたすらだらだらするあたしに、お母さんはけっこう冷たい。

だから気が向くと自転車を飛ばして、おばあちゃんの家に遊びに行った。おばあちゃんも、今年の夏はさっちゃんがいてすごく楽しいわと言ってくれる。

もちろん話が合うとはいえないし、あたしはそんなに一緒にいて楽しいタイプの人間じゃないけど、おばあちゃんをよろこばせるためにけっこう尽くしている。おばあちゃんの好きそうな健康雑誌を差し入れたり、うちから使っていないDVDプレーヤーを持ってきてテレビに接続し、ゲオで五枚千円の旧作映画を借りてきたりする。おばあちゃんはかなり受身なので、あたしがなにを借りてきてもそれなりに楽しんでくれる。森繁久彌(もりしげひさや)の駅前シリーズもクレージーキャッツの映画も、「あー懐かしい懐かしい」と目を細めて、まぶしそうに観ている。

けれどもいちばん好きなのは、原節子の映画だ。

なかでも小津安二郎監督の『晩春』と『麦秋』をとくに愛していて、おばあちゃんは鈴のついたがま口から五千円札を出し、「ねぇさっちゃん、原節子のでーぶいでー買ってきてちょうだい」と、あたしを拝み倒した。以来ゲオに通うのはやめて、その二本ばかりくり返し観ている。

どちらの映画でも、原節子は嫁に行くのを頑なに拒んで、笠智衆(りゅうちしゅう)を困らせる役だ。あたしも嫁になんか行きたくないので、「そうだそうだ」と節子を応援するが、いつも節子は笠智衆の説得に負けて、渋々嫁いでいく。

「紀子(のりこ)ちゃんももう二十七でしょ。そろそろ行かなきゃねぇ」

あたしが老獪(ろうかい)な感じの言い回しで杉村春子のものまねをすると、

「あら、さっちゃん上手！」

おばあちゃんは拍手喝采。めずらしく声をたてて笑い、この時ばかりは本当に可笑しそうだった。

おばあちゃん曰く原節子はまだ生きていて、九十歳くらいになるという。小津安二郎のお通夜に出席したのを最後に、四十代で映画界を引退し、ずっと鎌倉で隠遁しているのだとか。

「マジ⁉　それスゴい。まじでスゴい」

浮き世離れしたエピソードにも興奮するけれど、彼女は今も生きている、そのことが、とりわけあたしの胸を打った。モノクロの映像に残るこの美しい人が、いまも世界のどこかで息をしているのだ。この人の体は温かいのだ。

おばあちゃんちはテレビが小さくて座卓がバカでかい。毎朝その大きな座卓に地方新聞を広げて、虫眼鏡で熱心にお悔やみ欄を眺めている。三芳さんが存命かどうか、そうやって確認しているのだ。お見舞いに行けばいいのに、と言うと、そういう出しゃばったことはしたくないと、おばあちゃんは拒む。

あたしが座布団に脚を投げ出し、菓子器に盛られたおかきのセロハンを剝ぎつつテレビ欄を見ると、下段の広告に、ただごとじゃない形相でつんのめって歩く、仲代達矢の姿があった。

「ねえねえおばあちゃん、『春との旅』だって」

「ドラマ？」

「映画。あ、しかも淡島千景出てるじゃん！」

「えっ⁉　本当⁉」

おばあちゃんはあたしから新聞を奪いとると、虫眼鏡を当てて目を凝らした。

「あらぁあ淡島さん、まだ映画出てるのね……」

文化面にはその映画の、ちょっとした紹介記事が載っていた。小さな規模での公開ながら中高年を中心にヒットしていて、今週の土曜からついにこの町でも上映されるという。

「行きたい？」と訊くと、

「……行きたい」

おばあちゃんは乙女のように頬を染めて恥じらうので、あたしは思わず、タックルして力いっぱい抱きしめたくなった。

しかしおばあちゃんが市街地へ出かけるのは、体力的にかなり厳しい。とにかくひどい猛暑で、毎日誰かしら熱中症で倒れ、搬送された病院で亡くなったというニュースが流れていた。天気や時刻表、映画の時間など、あたしはかなり綿密に下調べしたけれど、それでももしおばあちゃんが道中、熱中症でぶっ倒れたらどうしようと、前日はいつまでたっても寝付けなかった。あたしは一人っ子なので、人の面倒をみるのが苦手なのだ。

朝の九時に迎えに行くと、おばあちゃんは上がり框に腰掛け、靴の紐をきつく結んでいた。髪をリボン付きのヘアーネットでお団子にまとめ、白い革のハンドバッグを細い腕にかけ、玄関を出ると、黄ばんだ総レースの日傘をぱっと開いた。

ぽくぽくした足取りでバス停までの道のりを歩き、バスを降りるとローカル線の無人駅から電車に乗り、ターミナル駅で市電に乗り換える。午前中だというのに、停留所は容赦のないひどい暑さだった。頭のてっぺんが空焚きされたフライパンみたいになる。あたしは持参したアクエリアスをおばあちゃんに差し出した。

「あ、アタシいいわ。のど渇いてないから」

ケロリと断るおばあちゃん。

「ダメ！　ちゃんと飲んで！　老人は暑さに鈍感だから、気づかないうちに熱中症になってパタッと倒れて死んじゃうって、ニュースで何度も言ってたじゃん！」

あんなに毎日何時間もテレビ見ているのに、なぜ肝心の情報が行き届いていないのだ！

「えぇ……だってその水甘いんでしょお？　アタシ甘いのはチョット……。お水がいいわ」

「水だけじゃダメなんだって！　塩分も入れないと！　汗で流れちゃうんだからさぁ！」

とわめきながら、あたしはこんなこともあろうかと予備に持ってきた、六甲のおいしい水と塩こんぶをバッグから取り出した。

「えぇ……こんなところで塩こんぶなんてみっともない……」

「じゃあアクエリアス飲んでよ」

やいやい揉めているうちに電車が到着。乗車口がプシューッと開き、銀色の手すりをぐっと摑んで、よいしょと飛び乗ったおばあちゃんは、膝が弱いのでコロコロ転がるように長椅子に腰掛けると、マラソンを走りきったような歓喜の表情を浮かべて、

「あー涼しい、天国だわここ」と笑った。

おばあちゃんは市電に乗って外を眺めながら、駅ビルの場所にかつて闇市があったことや、もう取り壊されてしまったデパートのこと、あそこのホテルであなたのお母

さんが結婚式を挙げたのよとか、ここの桜は本当にきれいだとか、思いつくままにとりとめなく喋った。

市電を降りて中心街のアーケードを歩く。すっかり寂れ、シャッター通りになっているけど、おばあちゃんは、自分と街がまだ若かったころのことをよく憶えていて、もうここにはない街の姿をあたしに案内してくれるのだった。ここには洋品店があった、あそこには下駄をすげるのが上手な履物屋さんがあったと、おばあちゃんは指さしながら歩く。当時はひっきりなしに人が行き交い、ものすごい活気だったそうだ。心をワクワクさせるその喧騒は、いまも耳の奥に残っているという。

おばあちゃんはせわしなく喋りつづけた。潰れたパチンコ屋を指し、ここは昔「だいえい」の映画館だったと、ことさら懐かしそうに言った。

「だいえいってダイエー？」

おばあちゃんは首を振って「大映。大きい映画」と言い直し、その劇場で観た入江たか子の美しさをとうとうと語った。山田五十鈴や木暮実千代、高峰三枝子らの戦前の映画が特に良かったと声を弾ませる。本当は女学校では映画なんて禁止されてたんだけど、と言うので、「不良じゃん！」と囃すと、んふふ、とうれしそう。

『春との旅』を上映する映画館は、階段を上がった二階にあった。えんじ色のリノリウムはすっかり黒ずみ、アルミの滑り止めが剝がれてベロベロになり、石造りの手すりはびっくりするほど冷たい。ロビーは薄暗く、黴臭いような匂いがした。

「けっこう混んでるね」

おばあちゃんに耳打ちする。混んでるといっても十数人だけど。

チケットを買って劇場のドアをくぐると、小さなロビーからは想像もできないほど、高い天井と空間が広がっていた。コンクリートの床に整然と並ぶ、赤いベロアが張られた木製の椅子。壁には非常口のランプとＳＥＩＫＯの時計、そしてスクリーンの両脇に、金糸の房のついた深紅の緞帳が垂れている。

「なにここ。すげー……。こんなとこあったんだ」

あたしはきょろきょろしながら写メを撮りまくった。

おばあちゃんは硬い椅子に背筋をピンと伸ばし、膝の上でハンドバッグをぎゅっと握りしめ、これから偉い人の演説でも聴くような顔でかしこまっている。ブザーとともに照明が落ち、映画がはじまる。

その映画にすっかり感動したおばあちゃんに、あたしはロケ地巡りの旅を提案し、お母さんも交えて三人で鳴子温泉に行ったりして、バタバタと夏は過ぎた。おばあちゃんは鳴子温泉でこけしを買いまくり、誰よりも食欲旺盛。湯あたりして部屋で休むあたしをよそに、ありとあらゆるお風呂をはしごするなど、手に負えないくらい元気だった。

だからその年の冬にお母さんから電話で、おばあちゃんが近々老人ホームに入ることになるかもしれないと言われても、なんのことかわからなかった。

「三芳さんが亡くなったのよ」お母さんが言った。

「それでね、おばあちゃん、さすがにガクッときたのか……」

実家の電話口に聞かれて困るような人もいないだろうに、お母さんは声をひそめて、あんたももう大人だから言うけど、と前置きした。

「おばあちゃんね、いま精神科通ってるのよ」

「……うつで？」

「違う違う」

「ボケたの？」

「そういうんでもないけど……」と、お母さんはさんざん言葉を濁す。

「あのね、これ内緒ね。おばあちゃん、どうやら自分のことを、原節子だと思い込んでるみたいなの」

「え、なにそれ。意味わかんない」

「わたしだってよくわからないけど……」

お母さんが言うには、話し方や声色、ちょっとした仕草、すべてに於いて、おばあちゃんは原節子になりきっているというのだ。

医者の診断は、認知症や精神疾患というより、有名人になりきることで心の平安を得ているだけかもしれないというあやふやなものだった。インパーソネーターという、ものまねでいうなりきり芸人に近いかもしれない。自分を原節子だと思うことで、自尊心を保ち、日々の暮らしを律しているのではないか。

「そうだよ！　そういうことってあるし！　あたしだって高校生のとき、自分のことをリリー・アレンだと思い込まなきゃやってられない時期あったもん」

「えぇ～？　さっちゃんのアイデンティティの問題と、おばあちゃんの人格障害は全然別物でしょう……」

どのみち一人暮らしをつづけるのは危ないし、このまま認知症の症状に移行していく可能性もある。そうなるともうお母さん一人ではケアしきれないから、慌てて老人ホームの入居待ちリストに登録したそうだ。

そしてリストは思ったよりも早く繰り上がり、十二月にはおばあちゃんは、吉田養老苑グランパレス503号室の人となった。

年末に帰省したときお見舞いに行った。

建物は外観も中もいたって小綺麗で清潔だけど、同時に無機質で空々しかった。パイプ椅子に座り、なにをするでもなく虚空を見つめている爺さんや、屈強な介護士に口へスプーンを運んでもらっている無抵抗の老婆を見ると、否応なしに心がどんよりする。とてつもない虚無が建物中に充満していて、えらいところに来てしまったと、あたしは正直かなり焦った。

個室のドアを開けると、おばあちゃんはきちんと洋服を着て、ベッドの上にちょこんと座り、可動式のテーブルの上に新聞を広げていた。

「節子さんごきげんよう。お加減いかがですか？」

お母さんは原節子設定にかなり慣れていて、急にスイッチが入ったようにつらつら喋り出した。おばあちゃんと呼ぶと烈火のごとく怒り出すから、絶対に節子さんと呼んでと、あたしも釘を刺されている。

「んふふ、ありがとう。いいのよ、今日はとっても」

鼻にかかった声があまりにも若々しく可憐で、思わずぎょっとする。それはあたしが知っているおばあちゃんの声ではなく、夏にさんざん観た、小津映画の中の原節子の声に限りなく似ていた。うまい！　と思った。

「節子さん憶えてるかしら、この子わたしの娘。さちこ」

「あらさっちゃん！　さっちゃんなのね⁉」

おばあちゃんはパアッと顔を輝かせた。

「さっちゃん、お茶しましょうよ。ここ、喫茶店があるの。わりにいいとこよ。ね、行きましょうよ！」

原節子の声で潑剌と喋るおばあちゃんに、あたしはかなりキョドってしまった。

「ね、ね！」

おばあちゃんの枯れ枝の手が、あたしの両手をぎゅっと包む。

「え……ええ、そうね。い、行きましょう」

ちらりとお母さんに目をやると、「その調子！」と、目で合図を送っている。

喫茶店というよりそこは談話室だった。壁には女優帽をかぶって物憂げに頬杖をついたカシニョールのレプリカや、花のリトグラフが飾られていてなんともダサい。自販機に飲み物を買いに行ったとき、一角に、昭和レトロな薄汚れた雑貨が置かれているのが目に入った。『ハワイ・マレー沖海戦』や『七人の侍』のポスターが壁に貼られ、テーブルの上にはけん玉やボロボロの少女雑誌、女の子のお人形、戦艦模型が並んでいる。ソノシートの再生機をいじると、プス、プス……という音とともに、『世界の国からこんにちは』が流れ出した。

「なにこれ……」

あまりのシュールさに、悪いな、と思いつつ半笑いになる。

「認知症の人のためのよ」お母さんが言った。

「こういう昔のものを見たりさわったりすると、いろいろ思い出が蘇って、脳が刺激されて、認知症が改善するんだって」

「なんで？　それどういうメカニズム？」

「そんなの知らないけど。でもなんかわかる気しない？　古い映画観たり、懐かしい音楽聴いたりすると、一気にその時代まで引き戻されるじゃない」

「そお？」

「さっちゃんはまだそういうのわかんないか」

談話室では中央のテーブルに、おばあちゃんが小さくなってしょんぼり腰掛けていた。遠目に見ると猛烈にせつなくて、慌てて駆け寄り、待たせてごめんと謝る。おば

あちゃんは小首を傾げて笑って、

「さっちゃんが来てくれてすごくうれしいわ」と言った。

「……あたしもよ」もうダメ、ぎこちなさマックスの苦笑いだ。

「ねぇえ、聞いた？　この人、結婚したのよ」

おばあちゃんはお母さんをのけ者扱いして言った。映画の中で原節子が、既婚者の同級生相手に、楽しそうに嫌味を言っているシーンがダブる。

「あら、あなたも早くお嫁に行っちゃいなさいよ」

お母さんは手馴れたもので、ナチュラルに調子を合わせている。

「この人ねぇ、来てもすぐ帰っちゃうのよ。旦那さんの食事の世話があるからって。やあね。みんな結婚すると旦那さん旦那さんって。さっちゃん、アタシたちは一人で楽しいわよね」

「え、ええ……。あ、でもあたしつき合ってる人いるよ？」

「そうなの？」お母さんが横から乱入。おばあちゃんはつづけた。

「結婚は？　考えてるの？」

「えーまさか！　全然。する気ないし、したくない」

「みんな最初はそう言うのよ。でもすぐ気が変わってお嫁に行っちゃうの」

「そんなことないよ」あたしは抵抗する。「あたしは行かないよ」

「行くわよ。さっちゃんだって行っちゃうわよ」

「行かないって」

「……お嫁に行ったら、学校のときの友だちなんて、全然会わなくなっちゃうのよ。さびしいもんよ。ねえ、さっちゃん。もし結婚しても、アタシたち、またこうして会いましょうね」

「うん。また来るよ」

「本当？　会いに来てくれる？」

「うん」

「きっとよ」

「うん」

　帰りの車の中でお母さんは、ありがとうね、と言った。ああいう場所は、若い子にはキツいでしょ。

　あたしは別に、自分が感受性豊かだとか繊細だとかは思わないけど、たぶんどちらかと言うと神経が細い方で、すぐ凹むし、すぐ落ちる。吉田養老苑のショックから立ち直るのに、三日はかかるだろう。

「さっちゃん、今年の夏はおばあちゃんの面倒いっぱいみてくれたから、ああいう姿見るのは余計辛いでしょ」

「うん。おばあちゃん可哀想だった」

「まぁでも、さっちゃんが思うほど、おばあちゃんは自分のこと可哀想なんて思ってないから、大丈夫よ」

「なんでわかるの？」

「当たり前じゃない。さっちゃんの感じ方とおばあちゃんの感じ方なんて、全然違うに決まってるでしょ」

「そうなの？」

おばあちゃんは、あたしが味わったような気持ちを味わわないで済むの？

そしてお母さんはあたしに、こんなふうに言った。

「年取るとどんどん鈍感になって、図太くなって、自分の好きなようにしか、ものごとを見なくなるのよ」

「そういうもんなの？」

「そうよ。うまくできてんのよ」

ちょっと意味が違うかもしれないけど、あたしは鳴子温泉に行ったときのことを思い出した。何気なく入った喫茶店が映画の撮影に使われた店で、しかも壁には仲代達矢の色紙と並んで、淡島千景のサインが飾ってあった。

それを見つけたのはあたしだった。おばあちゃんさぞかしよろこぶだろうと、息せき切って報告したのに、おばあちゃんは感激のあまりはらはら涙を流したりはせず、「達筆ねぇ」と感心するだけで、わりと無反応だった。もしあたしが佐藤健（たける）のサインを見たら、興奮して写メとか撮りまくるのに。淡島千景ありきではるばる鳴子まで来たんだから、もっとよろこべよ！　とか思ったけど、でも、それでいいのかもしれない。

年を取るって、なんて悲しいことだろう。懐かしいことがたくさんあるって、なんて胸が痛いことだろう。あたしはこの先、どんどん鈍感になって、図太くなって、何を見ても心がぴくりとも動かない、石のような老人になりたいと思った。さびしいとかせつないとか侘（わび）しいとか、そんなのを感じる心のひだが、全部なくなればいいと思った。

冬休みが終わって大学に戻る前に、もう一度お見舞いに行くと、おばあちゃんはすやすや昼寝しているところだった。本当のことを言うと、あたしはもうおばあちゃんのせつなさと向き合うのは耐えられないので、ちょっとほっとした。

談話室に寄ると、昭和コーナーには軍艦マーチが流れ、痩せたお爺さんが戦艦模型を触りながら、節のついた喋り方で、マレー半島がどうとかスマトラ部隊長がどうとか言っている。

「伍長の目を盗んで囲碁にふけっていたのは自分であります」

「……なに、それは本当か⁉」

「罰を受けるべきは井田くんではありません」

「お前だったのか！」

「伍長、どうか許してください」

「よし、許す！」

遠くから勝手に合の手を入れていると、お母さんにやめなさいと叱られた。

あたしは紅茶花伝を飲みながら、自分が入る老人ホームの平成コーナーには、リリー・アレンのＣＤと、佐藤健が出てるドラマのＤＶＤ、それから小学生のとき好きだったモー娘。の下敷き、あとは昔使ってたガラケーがあれば充分だな、と思った。

大人になる方法

アンナが見つけてきたネットのページが超笑える。

LINEで女と出会う方法が書いてあって、めっちゃ必死なの。

ネットで出会うメリットは、お金かからない、時間かからない、近場の子と気軽に会える。デメリットは、コミュ力必須、チャラい子多い（チャラい女が多いってこと？　チャラいのはこんなトリセツ作ってる男の方だし）、若い子多い（犯罪になっちゃうくらいの）、真面目な出会いはない（勝手に決めんなって）。出会いの場はLINEの掲示板とスマホアプリが多くて、こうやって絡め、こうやって気を引け、恋愛トークに持ち込め、通話しろとかって、手取り足取り親切に書かれてるんだ。

バッカじゃねえの。

こんなページ作ってる暇（ひま）あんなら和民（わたみ）とかで働けよ。

って、いっぱい広告入ってるし、これが仕事なのか。せっかく育てた息子がこんな仕事で飯食ってるなんて、親の徒労感ハンパないだろうね。どいつもこいつもただでセックスしようとして、キモすぎるバカすぎる。この世界には、ちょっとでも足踏み外したらまっさかさまに落ちて変な男の餌食にされる、女の子専用のトラップでいっぱいだ。

アンナは逆にこのページを参考にして、暇つぶしになる男と出会おうとしてるけど、そういうのやめとけってあたしは注意するんだ。だって絶対ろくな奴いねえし。一〇〇％体目当てだし。あたしはセックスしたことないけど、歴史的に見て、セックスで女が得することってまずないことは知ってっから。

うちのママもよく言ってるもん。子供産んだら人生おしまいだって。なのに女の方からトラップにはまりに行くなんて、どっちもどっち、つーかみんなバカ。ただで女子高生抱こうとしてるクズを相手にするなんて、もったいなさすぎる。アンナはロシア系の血が入ってるらしくめっちゃ可愛いし、それにあたしだってけっこう可愛い方だと思う。あたしもアンナも芸能事務所にスカウトされちゃうんじゃないかって密かに思ってて、ほんのり期待しながら原宿とか行ってみたんだけど、別に誰からも声はかからなかった。

まあその時点で気づくべきだったのかもしれない。

あたしたちは全然特別じゃない、普通なんだってことに。

もし桐谷美玲とか玉城ティナが原宿歩いてたら速攻でスカウトされて、拉致られる勢いで芸能界に連れ去られていくだろう。そういう星の下に生まれてる人はたしかにいて、でもあたしたちはそういう星には生まれなかったんだ。せいぜい読モ止まり、みたいな？　とにかくそのことを、もっとちゃんと理解しなきゃいけなかった。学ばなくちゃいけなかった。けどこのときはまだそこまで悟れてなくて、「じゃあ愛梨沙はどういう男と出会いたいの？」って訊かれたとき、

「んー、小山薫堂とか？」

なんてこたえてた。

「あ～、そこかぁ～！」

アンナは感心するみたいに言って、

「でも小山薫堂とつき合うメリットってなんなの？」と首を傾げた。

見た目は大人っぽくても、アンナはわかってないんだ。

小山薫堂なんてメリットの塊じゃん。

一緒にいれば、きっと一週間であたしは大人になっちゃうんだ。

だから声を張って、

「全部！」

と言い切った。もちろんアンナには理解されない。

「えーおじさんじゃん。微妙」

アンナはもっと全盛期の小池徹平みたいな、小動物っぽい彼氏が欲しいらしい。

「ほらあたし、ガイジンの血が入ってるから絶対すぐ老けるじゃん。ザ・日本人みたいな可愛い系の男子とつき合うならいましかないんだよ」

アンナの見た目はすでにかなり大人びていて、クラスの男子と並ぶとちょっと威圧感すらある。ああいうガキっぽい男子は、きっとアンナのことを恋愛対象には入れてないんだろうな。アンナはガキっぽい男子を見てると「青春〜っ」て感じがするから好きだという。みんな自分に似合わないものばかり、手の届かないものばかり欲しがってる。


別に自分から飛び込んでいったわけじゃないけど、とにかくあたしはたくちゃんと出会ってしまったのだった。たくちゃんとどうやってつながったのかというと、LINEとか出会いアプリとか、そういうのじゃないことだけはたしかだ。たくちゃんはガラケーからiPhoneに替えたばかりで、あたしがLINEのアプリを入れてあげたんだから。店の前で、次はどうする？　なんてみんなで溜まってるときに、あたしはたくちゃんのｉＰｈｏｎｅを奪って、秒速でＬＩＮＥをインストールした。

「ああ、ありがと」

たくちゃんは黒ぶちメガネをかけて、黒いＴシャツを着ていて、三十四歳だった。なんかもう、超いい感じだった。

そのとき近くにいた、合コンの達人みたいな賑やかしのブサイクリーマンが、

「こいつデザイナーのくせにガジェット興味ないんだよ」

って言ってたけど、デザイナーなんてマジ⁉

あたしが密かに興奮しながら、

「え、ほんとにデザイナー？」

と訊いても、たくちゃんはうっすら笑いを浮かべるばかりで、のらりくらりとこたえを言わない。ＬＩＮＥをダウンロードしてＩＤを設定するとき、さりげなく聞き出していたフルネームをあとでグーグル検索にかけたら、本当にデザイナーで、ちゃんと個人事務所のホームページと、顔写真の入ったプロフィールが出てきた。多摩美大卒、なんとかデザイン事務所のなんとか氏に師事し、何年に独立、みたいなやつ。でもそこには肝心の情報が載ってなかった。結婚してる？　彼女いる？　まさか子供と

かいたりする？　まあそんなの、もし全部いたとしても、関係ないけどね。

誤解しないでもらいたいのが、あたしがしょっちゅう社会人と合コンしてるような
ビッチな女子高生じゃないってこと。本当に遊んでてエグいことしてるのは、もっと
清楚系の子だし。二組の磯辺麻耶って子はその典型で、顔も声もイラッとするほど完
璧に可愛い。そして、人を誘惑したり翻弄したりするのを趣味みたいにしている。
「あいつは悪魔だ」
って、アンナは超警戒してる。
「悪魔は言い過ぎじゃない？」
「いーや悪魔だね。本当の悪魔は可愛い顔をしてるんだから」
アンナは成蹊大か成城大に進んで女子アナを目指す気でいるから（「あたしみたい
なハーフ顔の需要って、そこにしかなくない？」）、磯辺麻耶みたいな子に人生を邪魔
されそうで恐れているのだ（「女子アナになんか全然興味ないみたいな顔して、就活
のときにさらっと志望してきそうじゃん」）。

まあその気持ちはみんな一緒だ。磯辺麻耶は人生のおいしいところを――主に男の
人からもらえるものを――全部さらって行きそうな女の子だ。だから磯辺麻耶には本

当の友達がいない。あの子に心を開いたところで、いいことなんて一つもないって、みんな本能的に察知している。

そう思われていることを磯辺麻耶はちゃんと知っていて、性格の方もぬかりなかった。下世話な話にノッてみたり、たまには下ネタ言ったりして、みんなの警戒心を溶かすぶっちゃけトークをしてきた。顔が可愛いだけじゃなくて人心掌握術にも長けてるのだ。だからあれだけ顔が可愛くても、女子の間で嫌われたり、いじめられたりすることはなかった。

磯辺麻耶のエピソードトークを聞くのは楽しい。けど、なんか空恐ろしくてぞっとしたりもする。磯辺麻耶の目はびっくりするほど空虚で、ああ、この子はこの先、どんなふうに生きても満たされないんだなっていうのがわかる。たとえ女子アナになって三十前にフリーアナに転向して、成功して、車のＣＭに出られるような地位を築き上げたとしても、どこか満たされないんだろうな。磯辺麻耶って、たぶんそういう子。

高三の夏休み、予備校の夏期講習に通って受験勉強してたんだけど、あるとき磯辺麻耶とかがいるＬＩＮＥのグループに、こんなメッセージが入った。

〈いまひまな子いない？〉

〈社会人と合コン中～〉

〈いるの大人だからおごってもらえるよ〉

〈女子高生はぜんぶタダ！〉

〈来て来てぇ～〉

立て続けに入ったメッセージを、あたしは挑戦状のように受け取った。

今年の夏休みは七月末に、クラスの女子でサマーランドに行っただけで、ほかにはなにもしていなかった。受験生だから思い出作り競争みたいなことはするつもりなかったけど、にしたってほんと、ろくな思い出が作れてない。ちょっと焦る。

〈次カラオケ行くかも～って〉

〈おごりだよ！〉

連打でスタンプが送信された。

あたしは思った。十七歳の夏なんだから、大人と夜遊びくらいのことしとかなきゃって。こういう誘いに、ヒョイッて乗れるようにならないと。

気がついたら、

〈あたし行く〉

って打ち込んでた。

あたしが自転車で店の前に着いたとき、

「愛梨沙〜こっちこっち！」

と、二組の子が手招きして、みんなに紹介してくれた。

メンバーは、二組の子が三人と、知らない女の子と、あたし。男の方はみんなそこおじさんだった。何歳なのかは、ちょっと想像つかない。大人。ていうかおじさん。彼らは同じ中学の同級生で、大人になってからもたまに集まって飲んでいるそうだ。

あたしの顔を見ると、

「えー可愛いね〜」

「愛梨沙っていうの？　それ本名？」

わっと話しかけられて、一瞬だけ主役みたいになった。

ちょっとドギマギしながらこたえてるとき、手持ち無沙汰な感じで立ってるたくちゃんの姿が目に入った。

ほかの人はスーツだったりするのに、たくちゃんは超カジュアルで、すごくいい雰囲気。

「なにしてるんですか？」

ってあたしから声をかけた。

「や、ＬＩＮＥってどうすればいいの？」

「えーＬＩＮＥやってないんですか⁉」

「このｉＰｈｏｎｅ今日買ったやつだから」

そんで、あたしはたくちゃんのＩＤをゲットしたわけ。

一目見てたくちゃんがいいなと思ったから、カラオケに流れたときもさり気なく横に座った。ほかの子がボカロの曲とか入れると、おじさんたちは「なんだそれ！」「すげえ！」とか言って盛り上がったけど、あたしはあえて安室奈美恵の古い曲を選んだ。『SWEET 19 BLUES』。イントロがかかると、

「うわ懐かし！　やべえ！」

たくちゃんは、この日はじめて大きなリアクションを見せた。

あたしはやったねと、にんまりしそうになるのをこらえながら歌う。

ＹｏｕＴｕｂｅで練習しておいてよかった。選曲バッチリだ。ママも言ってたもん。

別にユニコーンのファンだったわけじゃないけど、ユニコーンの曲聴くと胸がキュン

もん。

とするって。そういうもんなんだって。大人の口から「懐かしい」が出たら、しめた

歌いはじめてすぐ、

「おお、『ベルを鳴らして』!」

たくちゃんたちは歌詞に反応した。

「ねえ、『ベルを鳴らして』ってなんのことかわかる?」

たくちゃんは体を寄せて耳元で言った。

あたしはサビを歌いながら頭を振った。ポニーテールに結んだ髪がさらさら揺れる。

「わかんないよね」

たくちゃんはうれしそう。ものを知らなかったり、意味をわかっていなかったりすると、男の人ってものすごくうれしそうにするんだ。

まったく、オジサンの気を引くなんて、赤子の手をひねるより簡単なことだ。少なくとも、同級生の男子に好きになってもらうより、はるかにたやすい。

別に門限があるわけじゃないけど、十二時までには家に帰るようにしてるから、カラオケの途中で帰ることにした。最後までいるより、その方がカッコいい気がして。

「おれ、下まで送ってくわ」

たくちゃんがそう言ってついて来てくれた。

廊下を歩きながら、

「さっきあたしが登録したＩＤにＬＩＮＥしてもいい？」

「いいよ。ＩＤわかる？」

「うん、テキトーな数字と、たくちゃんって、アルファベットで入れたから」

「そうなの？」

「うん。名前聞いてすぐ」

「早いな、あだ名付けんの」

えへへ。

ほんとに「えへへ」って声が出てしまう。

エレベーターの中で二人きりになったとき、たくちゃんの方から手を握ってきた。

近づかれると、アルコールのもわっとした熱が体に伝わってきた。

ほんとは死ぬほどドキドキしてたんだけど、あたしは素知らぬ顔で、

「ＬＩＮＥしたら、返事くれる？」と訊いた。

そんなの訊く必要ないのに。

さらに念押しする。

「暇なの」

たくちゃんはそりゃそうだろうって口調で、

「大学生ってほんと暇だよな」と言う。

あ、大学生ってことになってんだ、とあたしは思った。

みんなそういう嘘ついて、大人と遊んでたのか。
＊

磯辺麻耶のＬＩＮＥグループにはアンナもいるから、あたしがその社会人合コンに途中から参加したことも、もちろんバレていた。

「うん、行ったよ」

問い詰められて、あたしは白状した。

「なんでそんなの行ったの？　危ないじゃん」

アンナはなんだかすごく心配そう。きっとあたしに、磯辺麻耶とはあんまり仲良くしてほしくないんだ。

「や、だって、暇だったから」

「…………」

アンナは黙ってしまう。

暇だったなら、仕方ないかって顔で。

暇ってほんと辛いからね。部屋にこもってる間は、ほぼずーっとスマホいじってる。スマホさえあればいくらでも暇は潰れるから、ほんと便利だ。延々とＹｏｕＴｕｂｅ見たりもするけど、予備校の映像授業とかもちゃんと受けてるし。入試まで半年切って、さすがにまじめにやんなきゃなって思ってる。

志望校は、都心の方にキャンパスがある大学ならどこでもって感じ。一人暮らしは、別にしなくてもいいかな。だいたいどこにでも一時間以内に行けるし。それにうちそんなお金ないし、ママのごはん美味しいし。

ママは昔はＯＬだったけど、結婚して仕事やめて、あたしを産んで、そしてあるときから、振っ切れたように料理に夢中になってブログをはじめた。あたしが小学校低学年のときからキャラ弁がブームになって、ママは朝四時とか三時とかに起きて、かなりガチな感じのお弁当を作るようになった。手の込んだ料理を写真に撮ってアップして、コメントがつくとめっちゃうれしそうに返したりしてる。

ママがやってるのはブログだけじゃない。フェイスブックも、ツイッターも、インスタグラムも、あたしはママのアカウントを全部知ってる。部屋で暇なときにたまにのぞいて、ふーん、ママってそんなこと考えてたんだ、そういう人だったんだと、発見したり、ちょっと幻滅したりしてる。たまに思いっきりあたしのこと書いてたりするから、ドキッとする。基本的にはあたしを自慢してるんだけど、よくよく読むと、結局は「こんなにがんばってる自分」のことを自慢してるからゲッて思う。こんなになるまで育てたあたし偉いでしょ、みたいな。

あたしは全部見てる。全部知ってる。もちろんママは、そんなこと知らないだろうけど。ママはあたしが見てるのは、料理ブログだけって思い込んでる。ママの料理ブログは、承認欲求満たすためと、ほかのアカウントへのカモフラージュとして機能している。ママったら脇が甘すぎて、可哀想なくらいだ。そのわりに、

「誰かがわたしのブログを書籍化しようって言ってこないかなぁ」

なんて、子供っぽい棚ボタ的な夢を口にしたりするから、バカだなぁって思う。そんなのまるで、王子様を待ってるみたいなスタンスじゃん。ランキングにも入ったことないのに、なに言ってんのって思う。あたしとパパが二人きりになると、たいていはママの陰口みたいになるけど、ほんと、言われても仕方ないよ、ママは。

とりあえず、なにか家のことをするたびに、褒めてほしそうなツイートするのはみっともないってことを、誰か早くうちのママに教えてあげて。なんか恥ずかしくて、

悲しくて、イタくて、このことは誰にも言えないんだ。アンナにも言えない。この寒いツイートしてんのがうちのママなんだよねってことは、口が裂けても言えない。でも、うかうかしてるとあたしもこうなっちゃうのかもしれない。ママがあたしを産んだ年まで、もう十年切ってるし。人生は終わりに向かって、どんどん残り時間が減っていくの。

「合コン、どこに行ったの？」

アンナに訊かれて、カラオケとこたえる。

「十二時前には帰ったよ」と言うと、ほっとしたみたいだ。

きっと、あたしがなにかすごい経験をして、先に大人になられるのが嫌なんだ。

アンナのことは大好きだし、親友だって思ってるけど、こういうことをいちいち訊いてくる子供っぽいところは、あんまり好きじゃない。すっごく大人っぽい冷めた部分もあれば、中学生みたいなノリになるときもあって、なんかときどき窮屈なの。でも、将来に対して堅実なところは見習わなくちゃと思う。っていうか、アンナが将来のことをしっかり考えてるせいで、あたしは焦るんだけど。

「将来の夢が決まってるなんていいな」

予備校の帰りにアンナに言う。

「夢っていうか、なりたい職業ね」

アンナはすでに、キー局のいろんなアナウンサーの来歴を調べあげて、傾向と対策をバッチリ練っていた。一応地方局も受けるらしいけど、受かったとしても地方に行く気はないらしい。アンナは生まれ育った東京の外に、世界はないと思ってる。もし落ちたらどこかマイナーな国に留学して、通訳の勉強するって言ってる。スワヒリ語とか、ヒンディー語とか。「そしたら一生食いっぱぐれることはないでしょ」って。

もちろん、それは大学を卒業してからの話。少なくとも五年後のこと。

「ほんと現実的だね」

現実的すぎて、話してると悲しくなってきちゃうんだけど、そこはアンナには言わない。

「当たり前じゃん」

アンナはちょっと誇らしげに、顔色を変えずにフンと鼻を鳴らした。

それから、

「でもまあ女子アナなんて、なれたところで三十歳くらいでクビ切られるらしいけどね」

と、めずらしく気弱な発言も。

「ああ、それはさぁ、仕方ないかもね。女の価値なんてどんどん減ってくもんだし」

とあたしは言った。「そこはサクッと退社するべきなんじゃない？　だって嫌じゃん、ネットで劣化したとか、ババアとか言われるの」

「だよね。うん。そうするわ」

これでより一層、アンナの将来設計は固まった感じ。

「でも、三十なんて想像できない。あり得ない」

とアンナが言うので、あたしも同じことを繰り返した。

「あり得ないよ」

＊

このときの会話で、アンナに言っておけばよかった。たくちゃんと出会ったこと、ＬＩＮＥで頻繁にやり取りしてること、好きになりかけてること。それを言いそびれたせいで、アンナに相談できなくなってしまった。

つき合ってるところまではいってないし、向こうがどう思ってるのかもわかんないけど、一日に一回はＬＩＮＥしてるし、たくちゃんはそれをブロックしたりはしてない。ただ、たくちゃんは基本姿勢が既読スルーだから、気が狂いそうなほどやきもきしてしまう。こんなときアンナに助けを求められたらって思う。——具体的に言うと、たくちゃんからの返信が来るまでの間、ＬＩＮＥで相手してもらうってことだけど。

けど、あたしはたくちゃんのことを誰にも言わないことで、そういう秘密を抱えていることで、ほかの誰にも負けないような気持ちがしていた。他校の子とつき合ってる男子が、うちらのことをちょっと見下してるような感じってなんか腹立つけど、いまならその気持ちわかる。あたしはたくちゃんとつながってることで、人とは違う気がしていた。

あたしはただのあたしより、たくちゃんのガールフレンドとか、たくちゃんの彼女とか、そういう肩書きがある方が、より輝く。同じ高校の子じゃダメなんだ。たくちゃんみたいな外部の、思いっきり年上の大人じゃないと。そういう人とつながってるってだけで、選ばれた人間っていう感じがすごくする。そしてまわりの子がバカに見える。愚かで、何者でもない、無力で貧乏な一般人。みっともない十代。うちのママは『ＶＥＲＹ』って雑誌をたまに買ってくるけど、そのキャッチコピーはこうだ。《基盤のある女性は、強く、優しく、美しい》。それってあたしが言ってるのと一〇〇%同じこと。寄りかかれるものがないと、女ってダメなのよね。

ママはあたしを産んで自分の人生は終わったって言うけど、それはちょっと虫の居所が悪かったり、イライラしてるときの話だ。たいていは、誰かの's（所有格）になった自分の人生を受け入れてるし、そこにあぐらをかいてたりする。あ、ママ、女として手抜いてるなってときは、すぐわかる。あたし超敏感だから。

とにかく、なにが言いたいかというと、LINEでたくちゃんとつながってることが、いまのあたしを支えているんだ。たくちゃんと出会う前より、あたしは自信に満ちて、余裕がある。うちの高校には、芸能事務所に入って子役やってた子や、ネットの六秒動画に投稿してフォロワーめっちゃいる子や、ジャニーズJr.の追っかけとしてその界隈では有名な子、それから起業して高校生社長になって新聞に取材された子とか、いろいろいる。みんな特別になりたい、っていうか、自分自身をキャラ立ちさせたいんだなって思う。「これで行こう」って決めた子は、そういうのがない子より堂々としてるし、生き生きしてる。あたしもたくちゃんと出会ったことで、堂々とできるようになったし、毎日楽しい。急に七歳くらい成長した気分。まあ、LINEの返事が来ることは稀だけど。

〈いまなにしてる?〉21:04 既読
〈会社かなぁ?〉21:15 既読

〈もしかしてまた合コンとか笑?〉21:16 既読
〈あぁぁぁぁ〉22:01 既読
〈ひまなんだけど〉22:11 既読

なにこれ、わざと?　わざと既読スルーしてんの?　気を持たせるためとか?　どういうこと?　どういう意味?　ベッドの上で爪を噛みながら、スマホの液晶をずーっと凝視してる。ブルーライトで視力やられそうだ。このまま人生が終わりそうなくらい果てしない時間、あたしはやきもきしつづける。

深夜一時を回ってやっと、
〈まだ仕事中〉
っていうLINEが来た。
あたしはウサギのコニーが、両手を合わせて「えへ、えへ」ってすまなそうにしてる無料スタンプを送った。そしたら向こうも、意味はよくわかんないけど変な顔のスタンプ送ってきて、なんか会話できてる感じがして、それだけでうれしくなる。あたしは思わず、温泉に浸かってるサルみたいな表情になってしまう。幸せ成分が、あたしの脳の中にじゅわぁ〜っと広がる。

　あたしがたくちゃんに丁重に扱われてないのは、女子大生と思われてるからかもしれない。絶対そうだ。女子大生って年寄りだから価値薄いし。それであたしは、賭けに出ることに決めた。

　出会った日から二ヶ月くらい経ってから、やっと会ってもらえることになった。

〈こないだのカラオケの〉

〈向かいのマックにいるよ〉

　って送ったら、

〈早く帰れそうなら寄るかも〉

　だって。

　ヤバい！　ついに会える！

　あたしはめちゃくちゃ緊張しながら、全然緊張してないふりをして、マックに居座った。中間テストの勉強をしながら、八時、九時、十時……。十時半を回ったとこで、たくちゃんが現れた。

たくちゃんは最初、あたしのことが誰だかわかんないみたいだった。高校の制服を着てるから。目が合っても、すぐ逸らされて、たくちゃんは別の子を探してきょろきょろしてる。あたしは余裕の表情で、たくちゃんの様子を見ていた。

手を振ると、たくちゃんはあたしに気づいて、「えっ⁉」って目を剝いた。近づいてきて、

「なにその格好」と訝しげに笑う。

「コスプレ？」

その瞬間、あたしが教科書とか参考書を広げて、カラーペンいっぱい使ってノートをまとめてるのが見えたらしく、たくちゃんの目はさらに見開かれた。溢れ出るリアルJK感！　そしてこっちを向いて、もしかして女子高生なの？　って無言で訊いてきた。その目の奥がらんらんと輝いているので、あたしはほっとした。女子高生だってことを自分からバラして、「それ犯罪だから無理！」って逃げられたらどうしようと、内心ドキドキしてたんだ。

けど、あたしはこの賭けに勝った。

たくちゃんは女子大生のあたしより、女子高生のあたしの方を、高く評価してるのは明らかだった。そう顔に描いてあった。

それ以来ときどき、こうやってたくちゃんとマックで会ったりしてる。スタバとか、サンマルクとか、ミスドとか、店を変えていろんな場所であたしはたくちゃんを待つ。勉強もはかどるし、一石二鳥。たくちゃんはあたしが勉強してると、「よしよし」って頭を撫でてくれる。

「がんばって東大とか行けよ」

それは無理だし！

「せめて六大学くらい行っとかなきゃ意味ないよ」

たくちゃんは、まるで自分は失敗してしまった人生を——同じ轍を踏まないように口うるさく注意しながら——あたしにトライさせようとしてるみたいだ。

そういうところは、うちのママと一緒かもしれない。

自分の経験で得た忠告を、全部あたしに伝授するから、だから絶対失敗しないでよね、後悔するような人生にしないでよねって、うっすら圧をかけてくるの。

あたしはあまのじゃくだから、そういうプレッシャーは大嫌い。言われれば言われるほど、全部棒に振ってやりたい気になる。けど、我慢だ。たくちゃんも、「おれみたいな大人になったらダメ」って言うし。

「あたしはたくちゃんみたいな大人、好きだよ」

マックの二階で頬杖をつきながら上目遣いに言うと、たくちゃんはちょっと高校生みたいな表情で、どぎまぎしながらうれしそうな顔をした。

ほらね、年上の男の人の気を引くのは、赤子の手をひねるよりも簡単。


たくちゃんと会えるのは平日の夜だけど、一度だけ土曜日に、二人でデートした。よみうりランドの駅で落ち合って、遊園地で一日過ごす。

凍えそうなくらい寒くて、あたしは正直アトラクションに乗るようなテンションじゃなかった。たくちゃんといられるのはうれしいけど、受験生なのに休日を遊びに使っちゃう罪悪感で、ちょっと気が重いし。でもこの誘いを断るなんて論外だった。楽しそうだったのはたくちゃんの方だ。

「おれ、バンジー飛ぼうかな」

一人で塔の鉄骨階段をのぼって行ってしまった。

あたしは地上のベンチに置き去りにされ、退屈してスマホをいじってた。けっこう並んでる、時間かかりそうってＬＩＮＥが来て、げ、だったら英単語でも覚えるかって、スマホの辞書アプリで適当に勉強した。バンジージャンプを終えたたくちゃんが、超すがすがしい顔でこっちに駆け寄ってきて、あたしは完全に見逃してたことに気づいた。ごめん見てなかった、なんて言えなくて、

「すごいね、たくちゃん。よくあんなの飛べるね」

まるでママみたいな口調で、たくちゃんの勇気を褒めたたえた。

あたしたちはそこで、出会った日以来手をつないだ。

たくちゃんは大人の男の手をしている。

その手に包まれると、あたしはたくちゃんのものになった安心感を覚える。男の人の、自分のよりも大きくて逞しい体のパーツには惚れ惚れする。どうせならセックスもしてくれればいいのに。早くセックスすればいいのに。そんであたしの若い肉体に溺れて、たくちゃんの人生が台無しになればいいのに。

絶叫系のコースターは寒くて死ぬから、屋根のついたアトラクションに入ることにした。

「お化け屋敷がいい！」

あたしが言うと、

「おれ怖いの嫌い」

とたくちゃんは言う。

可愛いなぁ〜。そういうとこ。

でもお化け屋敷に入ったら、怖がったりせず、あたしがギャーギャーわめいてる隙を突いて、キスしてきた。暗闇だったから、思いっきり外してたけど。

たくちゃんは舌を絡めたり、あたしの唇を食むように舐めまわした。べちゃべちゃと、唾液が唇の回りについてちょっと引く。思わず眉間に皺が寄った。たくちゃんは腰に手を回してぐっと抱き寄せると、あたしの手を自分の股間にそっと持っていき、押し当てた。そこだけ固くなったものがあって、ああ、こういう感じなんだとドキドキする。男の人のアレって、こういう感じなんだ。そのまま後ろからスカートめくられて入れられるかもって身構えてたけど、別にそういうことはしてこなかった。

そのかわり、あたしたちはずっと手をつないでいた。

まるでイケてない優等生カップルみたいだとあたしは思った。

ディズニーランドじゃなくてよみうりランドに来るところも、そんな感じ。

たくちゃんは遊園地の帰りに、よみうりランドのマスコットのぬいぐるみキーホルダーを買ってくれた。すっごい微妙な、白くてまつげびっしりの、変ちくりんな犬のキャラクター。あたしはそのふわふわしたダサいキーホルダーを通学鞄につけて、たくちゃんへの愛を表現した。

たくちゃんからLINEが来ることはあんまりなくて、いつもあたしからだったから、夢中なのはあたしの方なんじゃないかと、ずっと思ってた。だからあんまり、無邪気に好き好き言わないようにセーブしてた。あたしの方がたくちゃんのことを好きってことが、バレないように。

けど、どうやらそれは誤解だったようだ。本当は、たくちゃんの方があたしに夢中なんだ。そのことが、このデートではっきりした。

いまはまだ彼女って言えるとこまではいってないかもしれないけど、そんなの時間の問題。遊園地でのたくちゃんの行動一つ一つが、それを証明している。

そばにいるだけで、たくちゃんの胸がきゅんって鳴る音が、聞こえそうだった。

*

十二月。アンナが推薦で志望校に合格した。

担任からそのことを聞いたアンナは、顔を紅潮させてあたしに抱きついてきた。

「あ〜よかったぁ！　よかったぁ‼」

首に巻き付いた腕で息が苦しい。

あたしはアンナを抱きとめながら、

「おめでとう、よかったね」

って伝えたけど、もちろん心から、そう思えてなんかいない。顔、死んでるもん。

あたしの言葉が上辺だってことは、アンナもわかってるみたいだった。

「愛梨沙、入試がんばってよね。絶対一緒に大学生になろう！」

アンナはそう言って励ましてくれたけど、あたしの焦りはピークに達した。

一方アンナは、自分と同じく推薦入試で合格をもらった、同じクラスの斎藤くんとつき合いはじめた。「お互い暇だから」というのが、アンナによる交際の理由。もちろんちょっと謙遜（けんそん）入ってるんだろうけど、なんか愛がないな。

「いいよ、無理しなくて。好きだって言いなよ。好きだからつき合うって言えばいいじゃん」

あたしはちょっとだけ感情的になってアンナに言った。

アンナはムスッとして、仕方ないじゃんと言う。

「愛梨沙も推薦受ければよかったのに。そしたら合格して、一緒にずっと遊んでいられたのに。なんで受けなかったの？」

　アンナは、あたしの学力が二学期の間にびっくりするほど落ちて、中間テストの順位を百くらい下げてしまったこと、知らないんだ。担任に推薦は無理だって切り捨てられたなんて言えない。期末テストだって、かなりヤバかった。来月にはセンター入試なのに。ヤバいヤバい。このままだとどこにも受からないかも。だいたい志望校すらまだ絞れてないんだもん。マジでヤバい。本当にヤバい。

　とにかくすごく孤独だった。言っちゃやなんだけど、アンナが合格したことで、一気に孤独になってしまった。そのせいであたしの気持ちが一気にたくちゃんに傾いたと言ったら、アンナは怒るだろうか。

〈なんかいろいろあって凹んでる〉

〈死にたい…〉

〈あ、別にメンヘラとかじゃないから！〉

〈受験生の悩みデス〉

たくちゃんはめずらしく、こんなことを言ってきた。

〈今度旅行でも行くか〉

もう、気分は地獄から一気に天国！

〈行く行く！　やる気出た！　がんばる！〉

クマのブラウンが紙吹雪ちらしてるスタンプを、めっちゃ連打した。

*

ここからのことはアホすぎて、あんまり人に言いたくない。

年が明けた一月半ば。

たくちゃんから箱根に宿取ったけど行く？　と誘われ、あたしはちょっと考えて、行くと返事した。

その日はセンター入試の初日だった。

あたしは年に一度の入試より、たくちゃんと行く箱根を取った。

温泉に行ってはじめてのセックスをして、そして正式にたくちゃんの彼女にしてもらおうと思っていた。センター入試はみんなが受けるけど、箱根に行くのはあたしだけ。そう考えたら、味わったことのない優越感を覚えて、あたしは一人、恍惚となった。

みんなにはもちろん嘘をついた。出かけるときママは、腫れ物にさわるように「がんばってね」と声をかけ、お弁当を持たせてくれた。さすがにそのお弁当には胸が痛んだ。そのお弁当を鞄に入れているせいで、あたしは旅行中、ずっとママのことを考えるはめになった。

あたしはどうしてこんなに嫌な子になっちゃったんだろう。

どうしてたくちゃんの誘いに乗ってしまったんだろう。

いますぐ引き返して受験会場に行きたい。全部元に戻したい。胸がざわざわして、動悸で苦しくて、全然楽しくなかった。ロマンスカーに乗りながら窓の外を眺めて、ひたすら爪を噛んでいた。

箱根に着いたらひどい雨で、体は芯から冷えた。観光はせずに旅館に直行することになる。チェックインして部屋に入ったら、たくちゃんはまずテレビを点けた。

ちょうどお昼のニュース。

寒そうにマフラーを巻いて大きなマスクをした受験生たちが、センター入試の会場に入っていく姿が映し出された。

「ああ、今日センター入試か」

とたくちゃんがつぶやく。

完全に他人事な感じで。

そして一拍置いてあたしの方を振り向くと、

「あれ？　愛梨沙ってセンター受けなくていいの？」

と、バカみたいな顔で言った。

あたしはいまにも、なにかが決壊してしまいそう。

「センター……受けなきゃいけないよ」

あたし、ちょっと震えてた。

「だって、受験生だもん」

「え、嘘だろ⁉　センターサボって来たってこと⁉」

たくちゃんは狼狽（ろうばい）して立ち上がる。しきりに「怖い怖い！」と言ってあたしを見た。

確かにあたしは、センターがいつだとか、志望校はどこだとか、そんな話は一切しなかった。だってそういう話をして、面倒くさい女とか思われるのはいやだったから。

面倒くさいとか重いとか思われるのが、怖かったから。

「ヤバい！　ごめん！　どうしよ……えっと……どうしよ……」

たくちゃんは両手で頭を抱えて、部屋を行ったり来たり。

パニクるたくちゃんを見ていると、逆にあたしは冷静になってきた。もうここまで来たんだから、焦ったたって仕方ない。どうしようもこうしようもない。アウトだ。

たくちゃんがあたしの受験を阻止するために、わざとこのタイミングで誘い出したわけじゃないってことはわかった。でもあたしには、なぜか彼が確信犯として映った。あたしの人生をめちゃくちゃにできる、千載一遇のチャンスが今日。愚かなあたしは罠にかかって、見事たくちゃんの勝利。たくちゃんはそんなゲームをしていたんだと、あたしは思った。

それはあたしがしていたゲームとは、ちょっと違った。

あたしはただたくちゃんのとなりで口をぱくぱく開けてるだけで、自分に必要なものがなんでも自分に備わり、あっという間に完成する、そういうことをしているつもりだった。たくちゃんといることで、あたしはみんなとは違う特別な、一段上の存在になれるんだと思っていた。

自分というものが完璧にあって、物怖じせず、誰とでも対等に話せる人に。自分にピッタリの香水を知っている、おしゃれな、スタイルのあるカッコいい大人に。笑いのセンスに溢れた人気者に。フランス料理のテーブルマナーも知っていてワインにも詳しい、どこに出しても恥ずかしくない女に。

たくちゃんと一緒にいることで、そういう人になれる気がしていた。

たくちゃんがあたしをブラッシュアップしてくれて、ハイ完成！　って送り出してくれる気がしていた。

お風呂上がりにバスタオルを広げたママの腕に飛び込みさえすれば、きれいに乾かされてパジャマを着せられ、完璧な状態になってベッドに運ばれるみたいに。そんなふうにあたしを調教して、大人にしてくれる人を求めていたのだ。

なんてバカなんだろう。

あたしは温泉には泊まらず、一人駅へと折り返し、新宿行きのロマンスカーに乗って、電車の中でママのお弁当を開けた。

サニーレタスの上にのった、一口サイズに切ってあるとんかつ。プチトマトと茹でたいんげん。里芋とにんじんの煮たやつ。梅と大葉の入った卵焼き。のりたまのかかったごはん。デザートのオレンジ一切れ。それはいつになく普通の、素朴なお弁当だった。食欲をそそる匂いが漂い、駅弁を食べている人が横目で、ちょっとうらやましそうにあたしのお弁当を見た。

卵焼きを頰張りながら、目から涙がぽろぽろこぼれた。ママ、ママ、ごめんなさい。ごめんなさい。ママのお弁当って、世界一美味しい。

＊

センター入試を採用してない大学の後期試験を受けるとか、私立を受けるとかいろいろ巻き返す手はあるにはあった。けど、あたしは大人しく一浪する道を選んだ。

三月。予備校の教室に入ると、窓際の席に磯辺麻耶がいた。

「あれ？　マヤマヤも落ちたの？」

知ってる顔を見て思わず声が弾む。

「え？」

と言いながらゆっくりと顔を上げる磯辺麻耶の目を見て、あたしは驚いた。なんだかずいぶん光がない。高校のころの、あのウザいくらい生命力に溢れたきらきらした目はどこへ行った？　あたしは思わず「どしたの⁉　なんかあった？」とたずねた。

それが呼び水になって打ち明けられた恋バナによると、磯辺麻耶は大学生とつき合っていて、去年のクリスマスに手ひどくフラレて心底まいり、受験どころじゃなくなったそうだ。

「まだ立ち直ってないの」

磯辺麻耶は元気のない声でそう言うと、そっとしておいてと言わんばかりにテキストに目を落とした。

あたしは思った。

あの磯辺麻耶でさえ年上とつき合うと痛い目を見るのに、あたしなんかが無傷でいられるわけがなかったのだ。

　教壇に立った講師が、来たる一年後の受験に向けてカリキュラムを説明する間、あたしは机に向かいながらぼんやり考えていた。

　あたしは、いつになったら自分が思い描く女の子になれるんだろう。いつになったら完成するんだろう。それまでに、あとどのくらいの時間がかかるんだろう。あたしがなりたいのは、きれいで、頭が良くて、おしゃれで、おもしろいことが言える人。いつも堂々としていて、自信があって、人に媚びたりしないし、あとで自己嫌悪に陥るようなダサいリアクションもしない。そういう女の人になれるまで、あとどのくらいかかるんだろう。

　気が遠くなりそうな膨大な時間と、無駄打ちだらけの破れかぶれな経験。

　そういったものの果てにあたしはちゃんと、自分で自分に及第点を出せるような人間に、なれるんだろうか。

*

　ある日ママが買ってきた『ＶＥＲＹ』をめくっていると、たくちゃんが載っていた。

　イケてる旦那として紹介されているたくちゃんは、相変わらず黒いＴシャツに黒ぶちメガネでキメていて、傍らにいる金のかかってそうな巻き髪の美人を、気持ち悪いほど愛おしそうな目で見つめている。デザイン事務所経営、石橋卓郎さん（34）と、妻の桐子さん（32）フードコーディネーター。桐子さんはたくちゃんに腕を絡ませ、さもこれから二人で近所の高級スーパーに買い物に行くような雰囲気を漂わせていた。

　ほかにもたくちゃん夫妻のプライベートが演出された写真が何枚か載っていた。インタビューによれば桐子さんは現在妊娠中。妊娠がわかってからは、たくちゃんが料理をすることもあるそうで、いますごく幸せです、とのことである。たくちゃんが得意な料理は鍋。それもトマト鍋が、最近の自信作らしい。

　あたしは、リビングのソファの前であぐらをかきながら思わず、

「ケッ！」

　と声に出していた。

　バッカじゃねえのこいつ。

なにがトマト鍋だよ。ポン酢で食えよ鍋なんて。バーカ！　ボーケ！　カース！

ほんと、こんなクズ死ねばいいのに。

　桐子さんのお料理ブログは、ランキングでもトップの常連という。その記述を見てあたしのこめかみがプチッと音を立ててキレた。

「ママ！　ママァー!!!」

　呼びつけられたママは、エプロンで手を拭き拭きやって来た。

「ちょっとぉ～なぁに？」

「ママ、石橋桐子ってフードコーディネーターのブログ知ってる!?」

「……桐子の愛妻フーディーズダイアリーのこと？」

「それだ！」

　あたしは立ち上がって宣言した。

「いい、ママ。あたしバカみたいに勉強して、今日から東大目指すわ。だからママも、桐子のことランキング上位から引きずり下ろして！　そんで桐子より先に、ママのブログを書籍化するの！　わかった!?」

「う、うん……わかった……」

「ダメだよママ！　もっとテンション上げて！　しょーせきか！　しょーせきか！」

「う、うん！　しょーせきか！　しょーせきか！」

　ママも拳（こぶし）を振り上げて復唱した。

「とーだい！　とーだい！」

「しょーせきか！　しょーせきか！」

あたしたちはお互いを鼓舞し合い、

「イエーイ!!!」

と叫びながら思いっきりジャンプした。

あたしは今度こそ、自分の欲しいものは自分の力で、手に入れるつもり。

ケイコは都会の女

いまの職場に移って半年、別に隠すつもりはなかったのに、ケイコは出身地を言いそびれたままでいる。ずっとファッション誌の編集をやっていたが、あまりのファッショニスタぶりを買われて百貨店のバイヤーに抜擢(ばってき)され、今度はアパレルメーカーのウェブページを任された。ネット販売のページだが、着回しを提案したり、海外セレブの着こなし術を参考にする特集を組んだりと、雑誌顔負けのコンテンツを用意していく予定である。

新規部署にヘッドハンティングされてやって来たケイコは、謎多き女である。英語とフランス語を操り、住まいは青山のヴィンテージマンション。時折知り合いの編集者が「ケイコさん、またお願いできますか？」とメールしてきて、雑誌のインテリア特集に、部屋が紹介されたりしている。いつも十センチはあろうかというヒールを履きこなし、ローンチパーティーに顔を出しては友人のモデルと並んでスナップに収まって、こちらも雑誌に小さく載ることもあった。

「ケイコさんて、ほんと素敵ですよね」

部下の女の子は飲み会の席でとなりにやって来ると、夢見るような目でケイコに言った。

「あたし雑誌マニアだから、ケイコさんのこと昔から知ってました。ご一緒できてほんと幸せです」

まだ二十代前半の、ぴかぴかと輝く彼女の瞳に、ケイコはかつての自分を重ねる。素敵なひとに、なりたくてなりたくて仕方なかったあのころ。稼いだお金を洋服につぎ込み、自分のスタイルを模索しながら、ケイコもこんな目をして、素敵なひとかなにか〝教え〟を乞おうとしていた。そうやって一足飛びに自分を完成させたいと、いつももがいていた。

ケイコは努力の人だ。語学も猛勉強の末にものにしたし、大失敗を繰り返して自分の良さを引き出す髪型やファッションに辿り着いた。そうやって誰からも素敵なひとと思われるようになったいまでも、ケイコはまだどこかに、おぼつかない少女の気持ちを残している。

「ケイコさんて、ずっと東京ですか？」

熱い眼差しで彼女にたずねられ、ちょっとだけ言葉を引っかからせながら、「ううん」とこたえる。

「横浜とか、っぽいですよね。あたしも生まれたのは横浜なんですけど」

　そこでもう一人、向こうに座っていた男の社員が、「こいつずっと聖心なんすよ」、彼女のお嬢様ぶりを、わがことのように自慢する口ぶりで言った。聞けば明治の文豪の末裔（まつえい）にあたり、祖母は有名な映画女優という家柄らしい。

「へぇー、すごいね」

「いやいや、同級生に比べたらあたしなんて庶民ですから。それにもう著作権切れてますし」

　彼女はクールに受け流す。

　ケイコは彼女の中に、自分とは決定的に違う、生まれ持っての確固たる自信のようなものを嗅ぎとる。努力の人がどれだけがんばっても手に入れられないコンフィデンスを、彼女はすでに持っていると思った。

　東京にはこんな人がたくさんいる。日本が階級社会じゃないなんて大嘘だ。ベッドタウン出身のケイコには想像もつかないようなエスタブリッシュメントがうじゃうじゃいて、何世代にもわたって培われた経済力と文化的資本と、それから自信を漲（みなぎ）らせているのだった。そしてそういう人に限って妙に力の抜けた格好をしている。気張ったオシャレをするのはみんな、地方から出て来た人だ。ケイコはどさくさに紛れて、結局また出身地をこたえるチャンスを逃してしまった。

マンションに帰る途中の、いつも立ち寄るナチュラルローソンで、ケイコはアルコール売り場に足を向けた。小瓶入りのクラフトビールを買い物カゴに放る。テレビでCMを流しまくるようなビールを、彼女はあんまり好きじゃない。舌の肥えたケイコは、素材の味が引き出された手作りのものを選ぶ都会の女だ。ワインよりクラフトビールが、ケイコの最近のお気に入りだった。

店を出るなり、ガードレールのへりに王冠を引っ掛け、パンッと叩いて器用に瓶を開ける。それを見ていた若い男の子たちが、ちょっと酔っているのか、愉快そうに「おお～っ」と喝采をおくった。

ケイコはニコッと笑顔を向けて、ぐびっとラッパ飲みしてみせると、レジ袋から一本ずつビールを取り、彼らに差し出した。

「あげる。これ美味しいんだよ」

「あ！　コエドビールじゃないっすか⁉　自分、川越(かわごえ)なんすよ」

「ほんと⁉　あたしも川越なの！」

「マジっすか？　オレ、超コエドラブなんすよ」

「あたしも〜」

ケイコは東京が好きだ。

けど、愛しているのは川越である。

彼女はコエドビールを飲むたび、ガソリンを満タンにした車みたいに元気になって、また東京で思いきり遊んでやろうと、踵(かかと)を鳴らすのだった。

ボーイフレンドのナンバーワン

何年も前のこと、当時つき合っていた年上の彼氏と、最後のカラオケに行った。年上といったって彼も二十代だったから、いまのわたしよりかなり年下ってことになる。かなりってのは言い過ぎだけど、でもまあ、年下は年下。

そのころはまだわたしも二十歳過ぎとかで、いまから考えるとめちゃくちゃ若かったから、心はふにゃふにゃで頭なんか沸いちゃってて、その彼氏のことを〝神〟って感じで崇（あが）めているところがあった。自分自身がいまいち不確定な若い時期は、そうやって他人を――とりわけ恋人を――自分のアイデンティティの核にしてしまうのだと、あとになって省みるのだけど、当の彼氏もわたしに影響を与えるのがうれしくて仕方ないって感じで、「お前こんなことも知らないの？」とバカにしつつ、いろんなことを教えてくれた。けど、全部忘れちゃった。興味のないことは学校の勉強と同じで、どれだけ詰め込まれてもまったく残らないのだ。

それまで洋楽なんて全然興味なかったから、ローリング・ストーンズとかニルヴァーナとか、そういう有名どころの曲はみんな、彼氏が歌うカラオケではじめて聴いた。だから彼氏の歌声でインプットされたそれらの曲を、後年ちゃんと原曲で聴いたとき、あまりにカッコいいので仰天したものだ。彼氏の歌う『サティスファクション』は音程がへなへなでこぶしもまわってなくて、とても名曲とは思えなかった。彼氏の歌う『スメルズ・ライク・ティーン・スピリット』はちょっと気持ち悪かった。もちろん、はじめて一緒にカラオケに行って、聴いたことのない洋楽ロックを披露されたときは、「きゃーステキ！」って思ったけど。

四年と少し経って、わたしが二十代も半ばくらいになるころには、もう彼氏のことを〝神〟みたいには思えなくなっていた。〝神〟どころかむしろ、年下の彼女に牛丼おごらせるダメな奴ってところまで落ちてた。その彼氏が大学生の女の子——しかもまだ十代の!!!——と浮気していることをお節介な友達がわざわざ教えてくれて、もう完全に気持ちが萎（な）えきっていたある日、なにもすることがなくて、カラオケに行ったのだった。

どちらにも盛り上げる気皆無の、お通夜みたいなカラオケで、彼氏は岡村靖幸の曲を片っ端から歌った。歌詞を目で追いながら、浮気した分際でこういう曲を延々歌う皮肉というか、図々しさというか、アピールの逆効果に、わたしは呆然（ぼうぜん）となった。シラケた気持ちで歌詞を眺めつつ、心の中では「お前なんか一生自分より下の女に仰ぎ見られていい気になってろ」と毒づき、それ以来連絡を絶った。

その人と別れたあとは、なかなか次の彼氏ができなかった。なにしろはじめての彼氏だったし、二十代前半を丸々その人につぎ込んでしまったわたしは、若くして年上の彼氏と長くつき合った女特有の嫌味な感じが染み付いて、同世代の人とはうまくやれない人間になっていた。二十七歳になって、ようやく次の彼氏ができた。バンド経験ありの三十二歳、新潟出身。大学卒業後はバイトしつつ、のらりくらりと東京で暮らし、二十九歳でやっと就職したという人だった。

年月でいったら正社員になってからまだ三年しか経っていないのに、カラオケでの歌い方は完全にサラリーマンのそれって感じで、マイクを握った彼を最初に見たときはビックリした。生まれてからいままでずーっとサラリーマンなんじゃないかってくらい、サラリーマンにしかできない歌い方をするのだ。どんな曲もその人が歌えば、青春時代の思い出を反芻(はんすう)しながら同時に振り払おうとして、闇雲にシャウトしている午前一時のサラリーマン、みたいに見えた。

彼は実に律儀に、新人アーティストのアルバムを聴いたり、来日情報を仕入れてチケットをマメに買う人だった。

なんで三十代のオジサンなのに新人のバンドをチェックすんの？

わたしは何度も、意地悪く質問する。

——え、普通に趣味だから。

——ファーストアルバムがすべてだから。

——音楽業界を支えようと思って。

——社会に染まらないようにするにはこれしかない。

その時々でいろんな答えが返ってきたけれど、なんか釈然としなかった。だってなんか、新人に飛びついて次々消費して、人の初期衝動を使い捨ててるみたいじゃん。だいたい誰がいちばん好きなの。そんなに不埒にいろんなミュージシャンの曲を「いいね」なんて軽く言って、いちばん好きなのは一体誰なわけ？

——そんなん岡村ちゃんに決まってるじゃん。

彼氏は「当然でしょう」って顔で言った。

——男はみんな、岡村ちゃんがいちばん好きなんだぜ。

二〇一一年九月七日、彼氏と新木場のＳＴＵＤＩＯ ＣＯＡＳＴに行った。会場に入ってすぐ、楽に見られる後ろの方に陣取ろうとしたら、彼氏にガシッと肩をつかまれこう言われた。

「こんなに後ろじゃ靖幸のダンスが見えねえ。もっと前行くぞ、前」

でもすでにフロアの半分くらいはお客さんで埋まっていて、真ん中より前には行けなかった。そのうえ妙に男が多くて、彼らに四方を囲まれると、満員電車に耐えてるときの気持ちがした。照明が落ち、耳の奥がビリビリいうほどの歓声が会場を包む。

背の高い観客に遮（さえぎ）られ、スーツ姿の岡村靖幸は、見えたり見えなかったり、遠くの方でダンスしていた。

帰り道、駅に向かって夜の新木場を歩きながら、彼氏が「岡村ちゃんどうだった？」と訊いた。

「うん、すごく楽しかった。あんまり見えなかったけど」

「それから？」

「誰かが『やすゆき〜おかえり〜』って叫んでるのを聞いて、なんかちょっと泣きそうになった」

「それから？」

それから――。会場に、昔つき合ってた人がいた。

「それから……。うーん。男子がキャーッて言ってるの、はじめて聞いた」

「え、キャーなんて言ってなくない？」

いや、あれはたしかにキャーだった。

男の子たちみんな、キャーッてほんとに言ってたよ。

人の思い出を盗むな

終業式のおわった教室で、なっちゃんが下敷きをぺこぺこいわせて髪をあおぎながら雑誌をめくっている。真剣な顔で読み込んでいるところ、それなんの雑誌？　と割って入ると、ページを閉じて表紙を見せてくれた。バイトの情報誌だった。

「え、バイトすんの？」

「うん、夏休みはどうせ暇だからね」

またページをめくり直して、「あ、高校生可」とつぶやくと、なっちゃんは蛍光ペンで丸をつけた。

「あんたもやれば？　どうせ暇じゃん」

履歴書を一枚くれたので書いてみる。

学歴二行、職歴なし資格なし。志望動機はちょっと考えて、「社会勉強のため」としたためた。

なっちゃんはこのあと、家の近くにある大型スーパーの、現像サービスコーナーで面接があるそうだ。クリーニング店の横にある、写真を現像する小さなテナント。「もし受かったら、近隣住民の私生活をのぞき見しまくってやる」と、意気込んでいる。

駅まで行ったところで証明写真が必要なのを思い出し、ショッピングセンターの中にあるスピード写真に飛び込んだ。

「げ！　七百円だって！　高ぇ〜」

六回の撮影のうち、二回はプリクラみたいに二人で撮るってことにして、二百円出してよ〜となっちゃんが持ちかける。あたしの履歴書用の写真も一枚撮らせてと言うと、なっちゃんは譲歩してお金を投入した。

六連写だからタイミング勝負。まずなっちゃん一人でフラッシュ三回。そのあとあたしが参入して二回、最後はなっちゃんがはけてあたしのピンで一枚、という段取りを組んだ。

個室を覆うシートの向こうで三回光が照射されると、がばっと飛び込んで口をウーッとアヒルみたいにして一枚、次は目を閉じて口をアーッと開けて一枚、最後の一枚はなっちゃんを丸椅子の下に押し込めて一人で写った。

三分待って機械の口から吐き出された一繋がりの写真を見る。

「げ、あたし笑ってる」

こんな写真絶対使えないじゃんと、ゲラゲラ笑って駅でなっちゃんと別れた。

＊

ファストフード店、コンビニエンスストア、いくつか面接して決まったのは、二十四時間営業のレンタルビデオ屋だった。家から自転車で十五分の県道沿いにある《ヴィデオランド》。夏休みに入ってすぐの月曜午前九時、面接官だった店長の藤倉(ふじくら)さんに案内され、ＳＴＡＦＦ ＯＮＬＹの扉をはじめてくぐった。

バックヤードは薄暗く陰気で、空気がひんやりして、そこらじゅうに段ボールが雑然と積み上げられていた。色褪(いろあ)せたポスターが壁に貼られ、『ターミネーター２』のシュワルツェネッガー等身大パネルや、『ダイ・ハード２』のブルース・ウィリス等身大パネルらが、卒塔婆(そとば)のようにあちこちに突き立っている。

「更衣室は男女兼用ね。一回盗難騒ぎがあったから、ロッカーに鍵だけは絶対かけといて」

店長がドアを開けると、更衣室の中には女の人が一人、プラスチック製のベンチに腰を下ろしていた。

彼女は店長の顔を見るなり、指にはさんでいた煙草をスタンド灰皿にぽいと放り投げる。じゅっという音とともに火が消え、すかさず「お疲れさまです」と取り繕うようにあいさつした。

「この子、今日からだから」

「はーい」

女の人は大嶋さんといって、地元の女子大の二年だった。頬にシャギーがかかったショートカット、眉は鋭角に細く、声がしゃがれている。

「ロッカーは好きなとこ使って。早い者勝ちだから、空いてたら上の段使ってもいいよ。帰るときは鍵そのまま差しといて。私物は置けない決まりなんだけど、あたしと坂井さんは靴置いてる。あ！　サンダルじゃん。サンダル不可なの。次からはスニーカー履いてくるか、持ってきてここで履き替えて」

大嶋さんにタイムカードの捺し方を教わり、制服を出してもらう。「サイズはMだよね？」と言って倉庫に消えた数分後、戻ってきた大嶋さんは「これしかなかった」と、Lサイズの上下をあたしに手渡した。

「男子はバーッと着替えちゃうんだけど、女子はここ使って」

部屋の隅のカーテンレールが取り付けられた一角に隠れて、クリーニングのビニールを破り開けた。だぶだぶのキュロットスカートを腰ばきして出ると、「あ、裾はインして」さっそく注意される。ウエストのたわみをもたもた調整していると、しびれを切らした大嶋さんが、直接手でずぼずぼ押し込んできた。

　店内は白と黒の市松模様の床に、えんじ色の鉄骨梁がむきだしになった造りで、陳列棚いっぱいに日焼けしたビデオパッケージがみっちり並んでいる。時間帯のせいかお客はほとんどおらず、レジカウンターの中には、茶髪セミロングの、背の低い女の人がいた。

「こんにちはぁ、坂井です、よろしく」

　坂井さんは異常に愛想がよくて笑顔は媚び媚びだ。

　大嶋さんと坂井さんから一通りのレジ業務と、棚にテープを戻す返却作業を教わる。小学生のころからレンタルビデオ屋の店員の働きぶりはあこがれの目で見ていたから、どういう動きをすればいいのかはわかっているつもりだったけれど、いざレジに立ってみるとぎこちなく、わざとらしくなってしまった。

「うーん。いらっしゃいませーの声が、ちょっと素人臭いかな」

　坂井さんはふわふわした調子で首を傾げて言った。

「演技すればいいんだよ」と大嶋さん。「レンタルビデオ屋の店員になりきって、演技すればいいの。演技だと思ってやってるうちに、だんだん板についてくるから」

フロアを回しているのはほとんどが大学生と二十代のフリーター。あたしのシフトは基本的に九時から昼の三時までだから、大嶋・坂井コンビと三人で入ることが多い。男の人はみんな遅番に回されてて、更衣室で鉢合わせしたときにサクッと紹介してもらった。

二十四歳の金井さんは去年までアジアを放浪していたと言い、色が黒く小柄だけど筋肉のついた、俊敏そうな体つきをしていた。反対に国立大卒の三浦さんはひょろりと背が高く猫背で、バイトの中では最高齢の二十六歳。女子で唯一遅番に入っているちあきさんは金髪のギャルで、鳶職人の彼氏と同棲中。将来は映画監督になりたいと言う十九歳の樫井くんは、わざわざ自宅でお薦めポップを書いてくるくらい映画を愛している。あいさつ代わりに「好きな映画はなに？」と訊かれ、「しょ、ショーシャンクの空に？」とこたえると、「普通だね」とガッカリしたように言われて、なんか傷ついた。

更衣室はいつ行っても人がたまっていた。煙草を吹かしたり、分厚い業界誌をめくって新作ビデオのチェックをしたり、社員の悪口や経営方針に対する疑問を口にしたり。グループごとに人間関係が分断された学校の教室と違って、ここでは全員が全員と口をきき、他愛ない軽口を叩き合っている。気心の知れた仲間とのくだけたやりとりは、第1、第2シーズンを通してますます呼吸の合ってきた海外ドラマの主要キャストって感じ。更衣室を舞台に繰り広げられるだらだらした会話劇の、あたしはさしずめ第3シーズン途中から現れた新キャラだった。

それからもう一人、土田(つちだ)さんという人がいた。

「ツッチーはね、飲食のバイトの方がメインだから。あんまりシフト入らないんだよね」

土田さんは県外の専門学校を卒業して今年の春、こっちに戻ったばかりだという。仕事にも慣れてきた土曜日、九時に出勤してタイムカードを捺していると、奥のカーテンが勢い良く音を立てて開いた。中から出てきた女の人は、ポロシャツの襟を直しながらあたしを見て、

「あ、女子高生だぁ」

おちょくるような声で言った。

土田さんは髪色が黒く、目鼻立ちは整っているものの控えめ、なのに地味ではなくて、華やかなタイプの人だった。ぱっと見は清楚系なのに矢継ぎ早に喋りかけてくる

ので、ああ、見かけほど大人しいわけじゃないんだと、押され気味で思う。

「ねえピアスの穴あけないの？　あけようと思わない？」

　レジカウンターの中に一緒に入っていると、土田さんはあたしの耳たぶに手を伸ばして、ぷにゅっとつまんで言った。その一撃で二人の関係性は決まった感じ。たじろぐあたしにお構いなしで、土田さんは昔からの友達とじゃれ合うように馴れ馴れしくつづけた。

「あー！　超反応してるぅ。可愛いぃ〜。あれ、何年生だっけ？　二年？　あーそれでバイトしてんのかぁー。そうだね、遊べるのは二年までだもんね。どうするの進路とか決めてるの？　あたしは専門だったから受験ってなかったんだけど、大学行きたいなら早めに決めとかなきゃだしね。あー懐かしいなぁ。高校いいなぁ。ねえ好きな人とかいるの？　あれ？　待って、なんの話してたんだっけ？　あ、そうだ、ピアスピアス」

　つらつらとセリフを読み上げるように、土田さんはよどみなく話す。初対面なのによくこんな話すことあるなと感心する。時おり質問っぽく語尾を上げたりするものの、こっちが入ろうとする間もなく、もう次の言葉が繰り出されている。吸い込まれるように聞き入っているうち、これまでピアスの穴をあけようなんて考えたこともなかっ

たのに、

「校則厳しいんですよ、うちの高校」

あたしは気がつくとそんなことを、悔しそうに口にしていた。

「でもあけてる子はいるでしょお？　あたし中三の夏休みにあけたんだけど、けっこう何回も塞がっちゃってて、ほら、ここなんかは一回裂けてるの」

土田さんはサイドの髪を耳にかけて、あたしに裂け目を見せた。スーッと一本、線を引かれたように肌色が薄くなっている。

「でもね、こんなの全然すぐ治るから、心配しないであけちゃいな。ピアッサーで一瞬だよ？　あ、でも夏はダメだ」

「そうなんですか？」

「うん。夏傷は治りにくいって言うでしょ。あたしが最初にあけたのも夏だったんだけど、消毒サボるとすぐ化膿するから。もうちょっと気温が落ち着いたらあけなね。九月もまだ暑いから十月がいいよ。十月にしなね。そっから三ヶ月くらいはファーストピアス入れとかなきゃいけないから、もうちょっと髪伸ばさないと先生に見つかるかも。髪伸ばしなよ。伸ばした方が似合うと思う」

みるみる彼女のペースに巻き込まれていく。

「あたし靴選ぶのがほんと下手で、このスニーカーもちょっと大きいの。ほら、ここ、ぺこぺこしてるでしょ」

土田さんはレジの中で唐突にしゃがみ込み、あたしにスニーカーの爪先部分をさわるように言う。

「あ、ほんとだ、ぺこぺこしてますね」

屈(かが)んでスニーカーの先端を押すと、たしかにそこだけ身が詰まってなくて、空間が余っているのがわかった。

「そうなのー。履いてると指がね、こんなふうに踊るの」

土田さんは手をカウンターのふちに置き、ピアノを弾くようにひらひらさせた。白くて華奢な手首に似合わない、黒くてごついGショックがはめられている。一目で男物だとわかった。

「なんか気になっちゃって気持ち悪い」と言いながら、ひらひら。

「そのGショックかっこいいですね」

土田さんの屈託ない話しぶりと距離の縮め方につられて、「彼氏さんのですか？」そんな言葉が口から出たが、ちょうどレジにお客さんが来たので遮られ、その話はそこまでになった。

「そっか、小悪魔に会ったんだ」

翌日一緒に入った金井さんが言った。

「ツッチーですよね？　あだ名」

「オレは小悪魔って呼んでるけどね。なんか小悪魔っぽくない？」

「小悪魔かぁ？　ただの不思議ちゃんでしょ？」

はじめて一緒のシフトになったちあきさんが、藁みたいなぱさぱさの金髪を振り乱してこっちを向き、やさぐれた目をジロリと光らせた。

「ああいうのを小悪魔って言うセンスがムカツくわ」

「ムカツくって、姐さんそれ嫉妬？」

金井さんがうれしそうに言う。

「すぐ嫉妬とか言ってくる男ほんとウザい」とちあきさん。

金井さんは「こえぇ～」と怯えながら、うずたかくビデオテープを積み上げた塔を抱え、逃げるようにフロアへ出て行った。

ちあきさんはいかにもヤンキー上がりのギャルって感じだから、みんな彼女の言うことは取り合わない空気がある。でももしちあきさんが学校の先輩だったら、畏れ多くて一言も口をきけなかっただろうな。どこにいても目立つちあきさんを、遠巻きに、あこがれ混じりに眺めていたと思う。廊下ですれ違うだけでも緊張し、万一話しかけられるようなことがあれば、歯がカチカチいうほど震えたはず。けれどここでのちあきさんの地位は、驚くほど低い。誰も彼女を畏れないし、敬意を払わないし、たぶん女として好きになったりしない。

ちあきさんは気が収まらない様子で、バイト仲間へのあらゆる不満をぶちまけだした。「金井みたいな生き方はただの逃げ。気が済むまで海外遊び歩いてるのは見ててカッコ悪い」「樫井はもっと社会に揉まれた方がいい。映画ばっか観てるのは現実が暇な証拠」「坂井は目が二重なだけで自分のこと可愛いと思ってる。目が二重なだけなのに」「三浦さんは……気の毒だからなんも言うことないわ」。ヤンキー特有のウラ感情のない、なんだか気持ちのいいあけすけな悪口だった。

「大嶋さんは？」

あたしは思わず割って入る。シャツの裾を手でぐいぐい押し込まれたとき、この人苦手って思った。一緒にいると、なにか話さなきゃっていう無言の圧を感じるし。すぐに「あーまたサボってる！」って怒ってくるし。

「大嶋かぁ。別に言うことないな。あ、いっこあった。あのショート。あれはいただけないね。あたし嫌いなんだよ、ああいうモンチッチみたいなショート。流行ってるみたいだけどさ。ああいう髪型にする女は、サバサバしてるフリして、すっごくねちっこい、演歌みたいな恋愛観持ってそうだよね」

はじめは全員仲良しに見えたバイト仲間の輪も、内実はいろいろあるらしいことがだんだんわかってきた。更衣室の和気あいあいとした空気に漂っていた、「新キャラのあたし以外はみんな仲良し」って排他感も日に日に薄れ、誰が誰を良く思ってないとか、誰が誰を好きだとか、そういうせせこましい機微ばかりが目立つ。あたしだけは依然蚊帳の外だけど、だからこそ彼らの人間関係を垣間見て、どこに行っても生きづらいんだな、という教訓を得たりした。

「みんなほんと、ろくでもないよ」とちあきさん。

高学歴三浦さんとバックパッカー金井さんがぶりっ子の坂井さんをめぐってバトルしているという話や、樫井くんが土田さんに「自主制作映画に出てくださいよ」というのを口実に言い寄ろうとしているなどの情報を披露したあとで、

「どーでもいいわ!!!」

ちあきさんは腹からの声で思いっきり吐き捨てた。

ちあきさんは嫌っていたけれど、次の週末も土田さんと同じシフトなのを、あたし

は密かによろこんでいた。「あいつ人の話聞かねえし」とちあきさんが指摘していた土田さんの短所は、あたしにしてみるとありがたい長所だ。土田さんは大嶋さんと違って、こっちが気をつかわなくてもどんどん話してくれる。土田さんのとうとうとした語り口には安定感があって、思考停止できるから一緒にいて楽だし。

お盆前の日曜は朝から途切れなく忙しく、ずっと立ちっぱなしでふくらはぎが熱を持つほどぱんぱんになった。いつもは着替えを済ますとすぐに帰るけれど、あまりの疲れで更衣室のベンチから立ち上がれずぼーっとしていたら、私服に着替えた土田さんが、「お疲れー」とポカリスエットの缶をくれた。

「え、おごり？　いいんですか⁉」

土田さんはニッコリ微笑(ほほえ)んで、「あたしも今日はさすがに疲れたぁ」と隣に腰を下ろした。

ほんの少し呆然とした沈黙のあと、土田さんは「あ」と言って、黒いGショックのはまった手首を、あたしの方に差し出した。

「……？　これかっこいいですよね」

前のときと同じように褒める。すると土田さんは、

「この話するの忘れてたね」

と言いながら、つるつると喋り出したのだった。

これね、彼氏のじゃないんだ。

彼氏のじゃなくて、公平くんのなの。

公平くんっていうのはね——

＊

「公平くんっていうのは、あたしが高二のときに一度だけ会ったことがある人なんだ」

土田さんは腕時計をうっとり眺めながら言った。公平くんはK海岸のそばに住んでて、高校も違う。苗字も知らなくて、一度しか会ったことがない。「よく考えたらあたし、公平くんのこと、ほんとなんにも知らないんだよね。だからずっと好きなのかも」

これ、恋愛の話だ!!!　この人はあたしに、恋愛話をしてくれようとしている。この人はポカリスエットをおごってくれただけじゃなく、あたしに大事な恋の打ち明け話までしようとしている。なんだか自分がすっかり信用され、選ばれた気がして、うれしかった。胸が高鳴るのを押し隠し、シリアスな顔を作る。

「その日はね、八月に入ってからけっこう経ってて、お盆も過ぎたころだったな。八月ってお盆過ぎると、ほんとテンション下がるじゃん。もう遊びに行く場所も相手も尽きちゃって、暇を持て余して毎日うだうだやってたの。そしたら突然、同じクラスの智子から電話がかかってきて、遊びに来ない？　って誘われたんだ」

それはいまのあたしとちょうど同じ年の、夏休みの話だった。目の前の大人びた女の人にも女子高生だった時代があったなんて、うまく想像できない。あたしは〝女子高生〟が、あたしたちの世代だけの特権のような気がしている。〝女子高生〟はあたしたちだけのものなのに、って。

はじめて会ったときと同じように、一方的につらつらと語られる土田さんの話にあたしは引き込まれ、相槌(あいづち)を打つのも忘れて聞き入った。

「智子って、親友ってわけじゃないんだけど、まあ誰とでも広く浅くつき合って、別のクラスにも友達がたくさんいるような顔の広い子だったのね。あたしも社交的な方だと自分では思ってるんだけど、向こうはもっともっと活発で派手な感じ。智子見てると、自分が友達の少ない、地味な性格の女子になったような気がするの。あたしはね、気持ちのどっかで智子のことをうらやましいって思ってて、だからその日いきなり電話かかってきて、今日暇ならウチ来ない？　って言われたときは、すっごいうれしかったんだ。智子に選んでもらえた、見込んでもらえたって気がしてね」

人からそういう、突っ込んだ内面の話を聞くのははじめてだと思った。そんな話、あたしにしてもいいのかな。だってまだ、ほぼ初対面みたいな間柄だし。あたしが土田さんと会うのは、今日で二回目だ。

土田さんとそこまでの深い関係になっていたとは思わなかったけど、それはあたしが気づいてないだけで、彼女はあたしの中のなにかに、深く感応してくれているのかもしれない。きっとそうだ。それであたしを選んで、大事な話をしているのだ。もしくはあたしとより深い友情を結ぶための、取っ掛かりとしてこの話をしているんだ。

あたしは大真面目に、神妙な顔で土田さんの言葉を待った。

「智子の家はK海岸にあったの。電話口で、K海岸で降りてって。自転車で迎えに行くからって言われて。あたし自転車通学だったから、電車自体にあんまり乗ったことがなかったんだ。わくわくしながら駅まで行って、切符買ったの覚えてるな。あの路線はね、電車がね、こう、住宅街をすり抜けて走るんだよ。乗ったことある？」

あたしはコクンとうなずく。

「あ、あるのか。でね、終点のK海岸に着くと、智子が駅舎で待っててくれたの。あたしは彼女の自転車の後ろに立ち乗りして、街を案内してもらうことになって、いろいろ見て回った。智子、きっといつもいろんな子を呼んで、そうやって案内してたんだろうね。ガイドさんみたいに慣れた調子で、手早くいろんなものを見せてくれるの。自分が子供のころから通ってる駄菓子屋とか、文房具屋やたばこ屋も。あの街ではそういうお店がまだちゃんと生きてるみたいだった。看板は剝げ剝げだし、ガラス戸の奥は電気も点いてないみたいに真っ暗だから、外観だけ見ると潰れてるとしか思えないんだけど。でもどの店もちゃんと営業してて、呼べば奥の居間からおばあちゃんが出てくるんだよって、智子が教えてくれた。

街からはね、海は見えないんだけど、潮の香りがして、肌がべとつく感じがするの。ガードレールもアスファルトも赤茶色に錆びてるし、ほんとに誰もいなくて、やっぱり夏休みももう終わりなんだな〜って思うとさびしくなった。

そうそう、海岸なんだけど、そこは石浜なのよ。同じ海でも、砂浜の方にはちゃんと海水浴のお客さんがいるんだけど、石浜だし遊泳禁止になってるから、人は少ないって言ってたな。常連の釣り人が早朝から釣り糸垂らして、昼前には帰っちゃうんだって」

智子のあとをついて行くと、土田さんは母屋の裏手の庭に建つ、小さな離れに着いた。子供にも蹴破れそうな薄いドアには鍵がかかっておらず、小さな玄関には履き潰されたスニーカーが何足も転がって、異臭を放っていた。

「男の子の部屋に入るなんて実ははじめてだったから、いろいろめずらしくて、すごいきょろきょろしたな。洋楽のロックバンドのポスターがセロハンテープで留めてあるのとか見て、へぇ〜なんて思って。なんでもあるんだよね、その部屋。ちっこいテレビとプレステがあって、ラジカセじゃない、ちゃんとしたオーディオとか、ギターも二本くらいあって、しかも小型の冷蔵庫まであったの。智子がコーラを出してくれて。冷蔵庫には缶ビールも入ってたし、灰皿には吸い殻いっぱいあったから、誰の部屋なのかほんとわからなくて、訊いたの。ここ誰の部屋？　って。そしたら智子はいとこって言ったんだ。いとこの公平の部屋だから、好きに使っていいよって。

　智子は超くつろいでて、ゲームしようって言うの。あたしはテレビゲームなんてしたことないから、あんまり乗り気じゃなかったんだけど、大丈夫大丈夫って、例のあの強引な調子で、〈ぷよぷよ〉をセットしはじめて。やればすぐわかるからって、いきなりコントローラー持たされて。知ってる？　ぷよぷよ」

「……ファンシーなテトリス？」

「まあそんな感じかな。こっちは初心者なのに、智子容赦なくてさぁ。ちょっとムカッとするくらい石とかガンガン落としてきて、アハハッて笑ってるの。あたしもだんだん本気になってきて、どっちも敵対心剝き出しでやりまくってたら、いきなりドアが開いて……」

　そこには男の子が立っていたそうだ。

　たぶん同い年くらいの男の子。でもその子は、クラスにいる男子とは雰囲気がまるで違っていた。

「公平くんはね、ストーンズのベロ出してるTシャツ着て、ジーンズの後ろポケットから、ウォレットチェーンをこんなふうにぶら下げてた。髪がね、伸ばしっぱなしのぼさぼさだから、ときどき邪魔そうに頭振るの。動物が濡れたときにブルブルッてやるみたいに」

　公平くんは土田さんたちの姿を見ると、「ちょ、お前また勝手に入ってぇ」とうんざり言うけれど、それは全然怒ってる感じではなかった。思わずもっと嫌がることをして甘えたくなるような、不思議な寛容さ。

「公平くんはベッドにどさっと寝転ぶと、そこから見て『お、ツッチーうまい』とか、『智子死ぬぜ』とか、けらけら笑いながらコメントして煽ってくるのね。それがいちいち可笑しくてさぁ。ツボに入っちゃって、お腹痛くなるくらい笑っちゃって。途中で智子と交代してあたしと対戦したんだけど、そんときもすっごい楽しかった。ただ黙々とゲームするんじゃなくて、こう、喋りながらやるの。あたしの連鎖技が決まると『ヤメテヤメテ～』とか言って。

子供のころって、年上に遊んでもらえると死ぬほど楽しかったじゃん。まさにそういう楽しさ。そうそう、公平くんはちょっとお父さんっぽいっていうか、リーダーっぽいんだよね。ほら、いるじゃん、生まれながらのリーダータイプの子って。智子もそういう気質なんだけど、公平くんはもっとすごくて、そういう一族なんだな～って思った。でもね、あとから考えると、あれは海育ちならではの性格なのかも。海の方って、ちょっと文化圏違うじゃない。小さいことは気にしなくて、おおらかで。核家族化してないし、いろんな世代の人に揉まれてるからかな。

日が沈む前に智子と海に行こうとしたら、公平くんも一緒について来たの。智子が『来なくていいよ』って迷惑そうに断ると、『でもヤンキーがいるかもしれないぜ？』って。

それがね、たとえば護衛について行ってやるとか、そういう恩着せがましいところが微塵もないのがわかる言い方だったの。兄が妹を心配するような気持ちで、あたしと智子のことを心配してるんだなって。別に優しい人だって思われたいからしてるわけじゃなくて、当たり前みたいに、そういう行動が染み付いてる感じ。

でね、海まで歩きながら少し話したんだ。公平くんは子供のころから釣りが趣味で、夏休みはまだ薄暗い時間に起きて、埠頭の先で一時間くらいぼーっと糸を垂らしてるんだって。日がのぼって来るころに家に帰って、朝ごはんを食べると一眠りして、昼から友達と遊んだりしてるって言うの。あたし釣りなんてしたことないから、そんなのどこが楽しいんだろうと思って、『釣れない間ってなに考えてるの？』って訊いてみたんだけど、そしたら『なんも』って。なんにも考えてないって言うんだよ」

あたしは話を聞きながら、なーんにも考えず海に釣り竿を向ける公平くんの姿を想像した。堤防の先に背中を丸めてあぐらをかき、なにも考えずぼーっと海面を見ている公平くん。

「住宅街を抜けた突き当たりに、刑務所の塀みたいなコンクリートの防波堤があるんだけど、ちょうど町の区画をこう、L字に遮ってるみたいになってるのね。だから歩いてても海は全然見えなかったの。でも防波堤の鉄階段をのぼりきったら、いきなりパァーッて景色がパノラマになって、海が広がってるから、もう超感動しちゃった。あたしがスゴいスゴいって興奮してたら、公平くんは『そお？　毎日来てるからわかんねぇ』とか言って、でもなんか、誇らしそうだったな」

花火の残骸や空き缶、煙草の吸い殻が落ちている石浜で、公平くんはまだ生きてるロケット花火を見つけ、持っていた百円ライターで火を点けた。

ピュゥーン
耳が痛くなるような音を立てて海へ飛んでいき、花火は一瞬で消えた。

日が暮れて引き返し、防波堤の階段をのぼると、道路には自転車に乗った男の子が四、五人たまっていた。公平くんは彼らを見つけた途端、土田さんにバイバイも言わず、吸い込まれるように行ってしまったという。

男の子たちは街灯の下でスポットライトを浴びるように、楽しそうにじゃれ合って笑っていた。これからどこに行こうか、なにして遊ぼうか話しているように見えた。

けれど土田さんが誘われることはなかった。

「じゃ、この子送ってくるね」

智子が公平くんにそう声をかける。

公平くんは手をひらりとあげて、わかったと合図を送った。


「それでおしまい」

土田さんはあっさり言った。

え、それだけ？　あたしは拍子抜けしてしまった。けれどそれを顔に出さないよう、神妙な表情を崩さずに、土田さんの目をじっと見る。

「たったそれだけなんだけど、あたしいまも、公平くんのことが好きなんだ」

あたしは土田さんの、手首のGショックに目をやった。

「あのぉ、それで……この時計は？」

「あ、えっと、これはね」

盗んだの。

まるでそれが、悪いこととは思っていないような言い方だった。

「公平くんの部屋に転がってたから、出るときにこっそり持ってきちゃった。思い出の品」

そこまで話したところで、ちあきさんが疲れた顔でドアを開ける。

「まだいたの？」

ちあきさんの顔を見るなり、土田さんは「じゃあお先です」とベンチを立った。

二人っきりになるとちあきさんは、「やだ、あんたなにぼーっとしてんの」と、気味悪そうに言った。

*

お盆休みに入り、お姉ちゃんが旦那さんと子供を連れて帰ってきた。

みんなでお墓参りに行ったあとファミレスでごはんを食べていたら、二歳になる幸穂はまだ海を見たことがないという話になった。

「もぉーそれどころじゃなかったもん」

お姉ちゃんは膝に載せた幸穂をゆさゆさとあやしながら、発奮したような顔で子育ての苦労を語る。あたしはなんとなく居心地が悪くて、半円形になったソファ席の端っこで気配を消し、黙々と天ぷら蕎麦を食べた。

「よかったら一緒に行く？」

お姉ちゃんの旦那さんがさも気をつかった口ぶりで、いきなり話しかけてきた。

「え、どこにですか？」

他人行儀に敬語で訊き返すと、話に混じってこないことをみんなにからかわれて、

「海よ、海。行く？」

お姉ちゃんがこっちを向いて言った。

ここで行くというのもなんか癪だけど、どうせ家にいてもビデオ観るだけだしと思

って、

「え、ああ、うん。じゃあ、行く」

不貞腐（ふてくさ）れた顔でこたえた。

姉夫婦の車に乗ると、後部座席の真横には、チャイルドシートに幸穂が王様のようにふんぞり返って座っている。女の子だけどなんかおっさんっぽい。そよそよと揺れる髪に、ぷくーんと膨れた頰。愛想笑いであやしていたら、「死ねよ」みたいな顔で目を逸らされたんでグサッときた。

助手席ではお姉ちゃんが、どこそこの海岸にしようとマップルをめくっている。旦那さんは県外の人なので、この辺の地理はさっぱりなのだ。

「早く指示出してくんなきゃ」と旦那さん。

「とりあえずまっすぐ走ってたら海に出るから」とお姉ちゃん。

その瞬間、はっと気がついて、あたしは前のめりに顔を突き出した。

「お姉ちゃん、ローカル線の終点にある海って、なんて海かわかる？」

「え、K海岸のこと？」

「ローカル線乗ったらそこに着くの？」

「ローカル線っつったって、この街を走ってるのは全部ローカル線なんじゃない？」

短大から東京に行ったきりの姉は、鼻で嗤うように言い、更に地図をめくる。

「あ、T線の終点がK海岸だ」

「じゃあそこに行こっか？」

旦那さんの口調はいやに優しい。あたしなんかに優しくしても、なにも返ってこないのにな。

「でもK海岸ってアレだよ。砂浜じゃなくて石浜なんだよ」

「いいよ。石浜でも。ね？」と旦那さん。

その優しさがなんだか気色悪いので、

「あ、別にいいですよ。どこでもいいです」

冷めた声を出してシートに体を戻した。

「石浜にしようよ。砂の方は混んでるんじゃない？」なおも姉に食い下がる。

「えぇ〜」とゴネる姉。

「混んでたら車停められないんじゃない？」

旦那さんの言葉にお姉ちゃんは、

「それはないってぇ〜。湘南じゃあるまいしぃー」

またしても田舎をバカにして大笑いして、

「ま、いっかぁ、石でも。砂だと幸穂がやけどしちゃうかもしれないしー」

ようやく行き先が決まったけど、気分は最悪だった。

車の窓から外を眺める。お姉ちゃんに、あんなにもせせら笑われている街。

あたしはこの街を出るのだろうか。この街を出て、どこか都会に住むようになって、お姉ちゃんみたいに「田舎め」とバカにするようになるんだろうか。あたしはここにしか住んだことがないから、ここが田舎とすら思わない。ここは、ここだ。どことも比べられない。愛着なんてなかったつもりだけど、姉の言葉に時折バカにしたようなニュアンスが混じるたび、全力でかばいたくなるのだった。

三十分もしないうちに海に着く。堤防に沿わせるように路上駐車して、旦那さんは「すぐ戻るよね？」と言いながら、ハザードランプをつける。

ここで合っているのだろうか、公平くんの海は。

堤防はたしかに、刑務所の塀のように威圧的。

「海はひとつだけど、海岸っていろいろあるのか」

コンクリートの堤防を見上げながら、失望したような独り言をこぼすと、

「あははは。そりゃそうだよ～」

旦那さんが無理してるみたいな笑い声をあげた。

「えーこの階段あがるのぉ？」

姉が階段を仰ぎながら、人の神経を逆撫でする、ねちっこい声を張り上げる。

「幸穂抱っこしてんのにー」

三人を先に行かせ、堤防の階段をのぼる。幅が狭く少し傾いているから、手すりを持たないと怖い。けれど手すりは錆だらけでざらざらしている。手のひらを見ると茶色いものがこびりついていた。くんくん嗅ぐと、血っぽい匂いがする。鉄棒で遊んだあとみたい。

あたしはわざと足元ばかり見ていた。波の音はもうはっきりと聞こえる。その心地いい波音を裂くように、

「きゃぁぁぁあ〜海〜！　ねえ幸穂！　海だよ、海！」

という姉のキンキンした声が響いた。

少し立ち止まって、あの人たちから距離を取る。姉の声が遠くなったところで、最後の三歩をのぼり、顔を上げた。

「あ……」

海だった。

海を見たのは久しぶりだった。なんだか、なにを感じればいいのかわからない。空

も海も、つかみ所なく広くて、目の焦点がうまく定まらない。網膜についたミジンコみたいなゴミが空をたゆたっている。ああ、海だ。海だ。

後ろを振り向くと、錆びたトタンの屋根が連なっていた。人けもなく、ほとんど死んだような街だった。

ここなんだな、とあたしは思う。

ここに十七歳の土田さんと、智子と、それから公平くんがいたのだ。

階段を下りて石浜に立つと、漬物石みたいなのがごろごろしていて、ひどく歩き辛い。歩くたびに、石同士がこすれ合う感触が伝わってくる。花火の残骸が多い。からからに乾いたワカメみたいな海藻や、ジュースの空き缶、煙草の吸い殻。なかには韓国語表記の洗剤の容れ物まで流れ着いている。全体的に汚い。そして人がほかに誰もいなくてとても静かだった。

「石浜もいいもんだね」

旦那さんが、ここをチョイスしたあたしをなぐさめるように言う。

「よくないよぉ～。やっぱり砂がよかったぁ～。ね～、幸穂ぉ～」

あたしは視界から彼らを消去して、代わりに公平くんの姿を想像した。

ジーンズとTシャツ。少し猫背気味だけど、袖からは長くて細い腕が伸びている。

たぶん身長は一七二センチくらい。そして下心ミエミエの気色の悪い優しいことなんか言わずに、ヤンキーに絡まれたときの用心棒として、ちゃんとついてきてくれる。お父さんみたいに頼もしく花火に火を点けてくれる。公平くんがいると、花火は全然危険じゃない。公平くんが「大丈夫」と言えば、それは大丈夫なのだ。

それにしても寂しい海だった。悲しくなるような海だった。お姉ちゃんもあたしも、旦那さんも、一様にテンションが低くなり、なにも言わなくなる。

そんな中、幸穂だけが奇声をあげてはしゃいでいた。

波のそばを姉と手を繋いでよたよた歩く幸穂の目には、こんなに寂しい場所でも、めちゃくちゃ楽しい景色として映っているのかもしれない。あたしの目には、もうそんなふうには見えない。公平くんみたいな人が一緒にいれば、別かもしれないけど。

*

二学期の始業式が午前で終わると、なっちゃんとロッテリアに寄った。コーラをちゅうちゅう啜(すす)りながら、夏のバイトの給料の話になる。

「そっちはどんくらい稼いだ？」となっちゃん。

「六万円ちょっと」

「まあまあだね。わたしもそんくらい。で、なに買う？」

「わかんない。全然考えてなかった」

　二人で示し合わせていたとおり、八月いっぱいでバイトを一方的に辞めた。

「あたしめちゃめちゃ叱られたよ。社会をナメ過ぎだって。もぉあの現像コーナーには行けないや」

　あたしも、あのビデオ屋には二度と行けないや。

「お金ってさ、とりあえず欲しいんだけど、いざ手元にあると何に使ったらいいのかわかんないね」となっちゃん。

「うん。でも、貯金なんかしたくないな〜」

「わたしも〜。パァーッと使っちゃいたい」

「とりあえずGショック買おうかな」とあたしが言うと、

「いいね！　ベビーG欲しい‼」なっちゃんも激しく同意した。

「だいたいさぁ、夏休みにバイトってなんか間違えてるよね。夏休みは遊んでお金使わなくちゃいけないんだから、バイトするなら一学期からはじめなきゃ。あぁ〜マジでどこにも行かなかったよ。あんたどっか行った？」

　つまらなそうな顔でなっちゃんが言う。

「ああ、行った行った。墓参りと、海」

「えー、海とか行ってんじゃん。いいなぁ〜。誘ってよ、そういうの」

誘ってって、姉夫婦とだよ。と言おうとしたけど、説明するのも面倒なのでやめておいた。ごめんごめんと適当に謝っておく。

「楽しかった？」

なっちゃんはさして興味もなさそうに言った。

「うん。まあまあ」

「へぇ〜うらやましい。誰と行ったの？」

あたしはコーラをちゅ〜っと吸って、少し考えて言った。

「公平くん」

なんでそんなことが口から出たのか、よくわからない。ただ、そんな気がしたのだった。あたしが海に行ったとき、見ていたあの景色の中にいたのは、姉夫婦でも姪っ子でもなく、ストーンズのTシャツを着た男の子だったという気が。

「公平くん？」

なっちゃんは聞き慣れない名前に反応して、

「誰それ？」

きょとんと首を傾げた。

そう言われてあたしは、なにも答えの用意がない。

誰？

誰だろう。

公平くん。

誰だっけ。

あたしにもわかんないや。

わからないけど気がつくとあたしは、公平くんとしたぷよぷよがいかに楽しかったかを、熱く熱く語っていた。

走っても走ってもあたしまだ十四歳

いた。

マリコ叔母さんはきっとお母さんに頼まれて、あたしを尾行してるんだろう。自転車を漕ぎながら振り返ると、トレンチコート姿の叔母さんが猛ダッシュで迫ってきていた。

「叔母さんもう帰ってよ!」

マリコ叔母さんは脇腹を押さえながら息も絶え絶え。

あたし、叔母さんがこんなに動いてるところ、はじめて見た。

夜道を大人の女の人がなりふり構わずに走る姿は、ぎょっとするものがある。ただごとじゃない空気を放ちながら、叔母さんは走る走る。

ちらちら振り返っていると、叔母さんは足首をぐきっとやられて、危うくコケそうになった。それでいよいよ士気が削がれたらしく、立ち止まってしまった。気の毒になってあたしは自転車のスピードをちょっと緩める。ゆらゆら漕ぐあたしの少し後ろを、叔母さんは足を引きずりながら歩いた。

橋を渡って住宅街を抜けると、ようやくアーケード街の入り口に着く。うちからだと自転車で七分ってとこ。最近は夕飯のあと家を抜け出して、毎日のようにここへ通ってる。

まだ小学生なのに夜中に外出するなんてって、お母さんは半狂乱で怒ってたけど、あたしはクラスでいちばん背が高いから、ここのみんなにもそのことは全然バレてない。さすがに小学生は仲間に入れてくれないもん。一六三センチという身長は、女子小学生にとったら重い十字架だ。クラスには自分と釣り合う男子なんて一人もいなくて、完全に巨人扱いされてる。南海キャンディーズのしずちゃんとか、和田アキ子とか、そういう扱い。

体は大きいけどあたしは気が弱い。体と心、これは絶対に相反すると思うのだ。現にクラスでいちばん意地悪で、気が強くて押しも強いのは、身長順で先頭に並ぶエリちゃんだもん。クラスの女子はエリちゃんを中心に回っていて、エリちゃんは人を全部キャラに落としこんで押しつけてくる。だからあたしは渋々、巨人キャラで通すしかなかった。

悩みのタネはエリちゃんだけじゃない。クラスの同じグループにいるのは、顔が可愛くて甘え上手な妹系ばかり。彼女たちはやたらとお姉ちゃん的な包容力を求めてくるし、あたしが大きすぎて〝女〟として同じ土俵に乗らないだろうと、高をくくっているのも透けて見えた。そしてあたしがみんなより頭一つ分大きいことをネタにしてからかうのも忘れなかった。

不満をあげればキリがない。これはもう諦めの境地だ。こんな不自由な立場ないよ。親の許可がないとなにもできないし。それって自由意志を剝奪されてるに等しい。なにしろ人生最大の楽しみを求めて、こうして自転車を走らせただけで、叔母さんが尾行してくる始末なのだ。まるで囚人みたいな気分。その上あたしの身長は、見えない拘束衣をぶち破って、まだまだ伸びつづけている。

アーケード街に着くとサドルから降りて、自転車を押して歩く。あたしの他には数えるくらいしか人がいないけど、「自転車通行禁止」って書いてあるから、律儀に守っているのだ。ほら、全然不良なんかじゃない。なのに家族はみんな「マユコがグレた」って、心配ばっかり。

叔母さんはまだ追いつけないでいる。あたしは振り返ってここだよ、と指をさす。それから自転車を停めて、メンバーのみんなにしょうがなく打ち明けた。

「ごめん、なんか叔母さん付いて来ちゃった」

「は⁉」

スウェットにスニーカーのラフな格好で地べたに座り込んでいた彼女たちは、一斉に振り返って、唖然とした顔。

ああもう、やだー。ほんとにやだー。

叔母さんは一定の距離を保ちながらあたしたちのダンスを見ていた。柱にもたれかかったり、たまにしゃがんだり、靴を脱いで足の裏を揉んだりしながら、じとーっとした目で。

あたしたちはアーケード街の店が閉店する七時ごろから、てんでにやって来ては潰れたデパートのショーウィンドウを鏡にして、ヒップホップダンスを踊っている。メンバーは高校生がメインで、中学生も少しいる。全員女子。男子のダンスチームもあるけど、彼らの縄張りは駅前のショッピングビルのウィンドウだ。そこは人目につく分、補導される危険も高い。

伝説によると、昔は男女合同で仲良くダンスをしていたらしい。それが仲間内でカップルになった子が妊娠しちゃって、相手の男がちゃんと責任をとらなかったのにキレて、分裂したんだそうだ。あたしたちの祖である数世代前の女子グループはクーデターを起こし、流れ流れて今の場所に、腰を落ち着けたんだという。

あたしが彼女たちの存在を知ったのは、叔母さんを迎えに空港へ行った日のことだ。叔母さんは売れない作家だけど、打ち合わせとか営業活動でちょくちょく東京とこの街とを行き来していて、迎えに行くのはお母さんの役目だった。

その日は最終便で戻ってくることになってて、お母さんはぶーぶー文句を言いながら夜の道を走っていた。あたしは後部座席でシートベルトを着用させられ、磔の刑みたいになりながら、流れる景色をぼーっと眺めていた。ちょうど信号待ちで車が停止したときだった。アーケード街の一角で、楽しそうに踊る彼女たちの姿を見つけたのは。うわぁ〜!!! って思った。ほんと、最高だった。

それからあたしは夜中にこっそり家を抜け出して、今まさにそこで叔母さんが見ているように、柱の陰から彼女たちのダンスをじっと眺めていた。

声をかけてくれたのはミサキさんだった。あんたも踊りたい? って、言ってくれたのだ。ミサキさんはめちゃくちゃ美人でスタイルも良くて、すごいオーラがあって、あたしは一瞬で魅了されてしまった。仲間に入れてもらうようになってからも、あたしが小学生ってことは伏せてある。どこの学校の誰かもわからないちょっとミステリアスな存在として、彼女たちの輪に加わっていた。私立の学校に通っているとか、登校拒否とか引きこもりとか、そういう都合のいい解釈をみんなしてくれた。だからここで叔母さんに秘密をバラされてしまうことが、とにかく恐怖だったのだ。

叔母さんはレジ袋を提げて戻って来ると、みんなに紙パック入りのいちごオレを配りはじめた。

やだー。運動してのどカラカラな人にいちごオレとか、もうやだー。あたしは顔から火が出そうになるけど、みんな「あざーす」とか言って、普通にチュウチュウ吸いはじめた。そしてミサキさんが「いちごオレ超うま」って言ったのを聞いて、微妙な顔をしていたメンバーまで、いちごオレを超美味に感じだしたのがわかった。彼女の一言で味まで変わる。ミサキさんって、そういうマジカルな人なのだ。

「えっと、マユコのオバサン、ですよね？」

ミサキさんは勇敢にも叔母さんに話しかけた。

「あ、はい」

げ、叔母さんったら年下に向かって敬語！　やだー。

「ここでなにしてるんですか？」

ミサキさんは語気を強めて詰め寄る。

叔母さんはごにょごにょ言い淀(よど)むと、

「えっとぉ……、みんなはマユコが小学生なのを知ってて、こんな時間に踊ってるの？」

なんと速攻でバラしてしまった。

ミサキさんは目をまあるくしてあたしを見た。みんなもギャーギャー騒ぎ出した。

「は、小学生？　マユコ小学生だったの⁉」

体育座りのあたしは血の気が引く思いで、膝をぎゅっときつく抱いて、頭をそこに埋めた。叔母さんブッコロス……。


これでもあたしと叔母さんは結構うまくやっていたのだ。うちは一階におじいちゃんとおばあちゃん、二階はお父さんとお母さんとあたしっていう二世帯住まいで、叔母さんは近くのマンションに住んでいる。作家業だけでは食べていけないから、そこで習字の先生ときものの着付けの先生を副業に、細々と生計を立てていた。

あたしがいちばん懐いていたのは、ほかでもなく叔母さんだった。あたしを子供扱いせず、話もちゃんと聞いてくれるし、お菓子もおもちゃもなんでも買ってくれる、最高の叔母さんだった。もちろんあとで、お母さんから叱られるハメになるんだけど。

「マリコは結婚してないし子供もいないから、マユコのことを無責任に甘やかしちゃうのよ」

なんてことをお母さんが言っているのを聞くと、胃がキリキリして、あたしは無性に踊りたくなった。

クラスにも心を許せる友達のいないあたしにとって、叔母さんはたった一人の親友だった。だからこんな仕打ち、裏切りもいいとこだった。

あたしは当然ダンスグループには出入りできなくなった。ミサキさんは「中学生になったらまた一緒に踊ろ」って励ましてくれたけど、そんなの出任せに過ぎない。きっともう会えない。

みんなと一緒にダンスできないことより、まただの巨人として、愛想笑いと道化の日々を送らなくちゃいけないことより、ミサキさんと会えなくなることの方が、はるかに悲しかった。


一人になってもあたしはダンスをやめなかった。部屋の姿見の前で、ますます精を出して踊った。踊って踊って踊りまくった。そしたらすぐに一階のおじいちゃんおばあちゃんが、「マユちゃんドタバタせんで」とクレームをつけてきた。ハァ……。思わず天を仰いでしまう。この世は想像を絶して生きづらい。

あたしが叔母さんのことを許したのは、マンションの部屋で踊らせてくれたからだ。

遠い昔に一作だけ当てた、中くらいのヒット作の印税でローンを組んだ中古マンション。教室用の和室と寝室だけ別で、あとはリビングもダイニングも仕事部屋も兼ねた2LDKだ。ソファをどかせばかなりのスペースを確保できたし、カーペット敷きの床も踊るのにちょうどいい。

あたしは踊った。音楽なんてかけない。頭の中でリズムを刻んで、体を思いっきり、思うがままに躍動（やくどう）させるのだ。叔母さんがパソコンを叩いたり、原稿に赤ペンでなにか書き込んだりしている横で、あたしは汗を飛び散らせて踊る。踊っているとき頭に浮かぶのは、エリちゃんやクラスの女子が、首をのけぞらせて笑い合う楽しそうな姿。そんな雑念を払いのけるように、あたしはますます踊る。とにかく踊る。

中学一、二年生の体育の必修科目としてダンスが新たに加わったと知ったのは、入学式の日のことだった。教室を見渡しても、ぶかぶかの制服が誰一人しっくりきていない中、あたしはすでにベテランの貫禄で、いちばん後ろの席に座っていた。
「ダンスが体育に取り入れられるなんて、先生たちの時代には考えられないことでした。みなさんはいろんな意味で、これからの新しい時代を築いていくのです」
担任の先生の言葉に、あたしはぽーっと感動してしまった。ついにあたしの時代が来たんだと思った。ダンスの授業で誰よりも輝いて、みんなをあっと言わせてる絵が頭に浮かんだ。

「マユコちゃんのダンスって超クールだね！　天才じゃない⁉」

「マユコちゃん一緒に帰ろ。今日からは毎日一緒に帰ろうね！」

「みんなでダンス部作ろうよ。リーダーは絶対マユコちゃんで決まり！」

でもそんな展開にはならなかった。ダンスの授業はぐだぐだで、ちっともおもしろくなかったし、その上また同じクラスになったエリちゃんは、新しい派閥をさっそく作って、休み時間や昼休みや放課後、ところ構わずにダンスするようになった。「男の気を引くためだけのダンス」とミサキさんが軽蔑していた、くねくね媚びを売る幼稚なアイドル踊りだ。


「ねぇ、あたしいつまでこんな目に遭わなきゃいけないの？」

叔母さんのマンションの床に寝転んで、天井を見上げながらあたしは言った。

デスクチェアをくるりと回転させると、

「巨人問題のこと？」叔母さんはすげなく訊き返す。

「……………」

それもあるけど、それだけじゃないし。

叔母さんは言う。

「我慢だよ、マユコ。そのうちみんなの身長も追いつくから」

「…………」

そのうちっていつだよ。そのうちなんてないよ、あたしの辞書には。

あたしはどの部活にも入らず、放課後は逃げ込むように叔母さんのマンションへ直行した。叔母さんちに東方神起のＤＶＤがあったから、とりあえず『Why?（Keep Your Head Down)』の完コピを目標に、毎日練習に励んだ。

汗だくになって踊るあたしを見て叔母さんは言った。

「よしマユコ、〝そのうち〟が来るまで、叔母さんがユンホのパートやってあげる！」

だからあたしがチャンミン担当だ。


あたしの身長が一六八センチまで飛躍的に伸びた夏のことだった。

叔母さんのマンションの植え込みに、なんとミサキさんが座り込んでいたのだ。慌てて部屋に招き入れ麦茶を飲みながら、あれからグループがどうなったかを訊いた。

分裂していた男女の各グループは和解し、いまは一つの大きな組織みたいになって、駅前が本部、アーケード街が支部っていう構成になっているそうだ。テレビでダンスコンテストの番組がはじまってから、急にダンス人口が増えたんだという。

「たしかにさぁ、もうイノセンスは失われたって感じあるよ、ダンス自体に。前みたいに純粋に、ただ踊ってればいいって時代は終わったんだなーって。うちのチームからもどんどん東京とか行って活躍するような、メジャーな子が出て欲しいって思うし。だけどあたしが嫌なのはそこじゃなくて、うちのチームの女子みんなが、男子と一緒にやりたがってたってことなの」

　ミサキさんは言った。

「結局みんな、楽しい思い出を作りたいだけなんだよね。学校ではちょっとはみ出してる子たちが、居場所見つけて、群れてるだけだから。男女できゃっきゃするような青春を送りたいわけよ。でもさぁ、あたしは違うの。あたしは本気で踊ってるから。そういうヌルい考え方に耐えられなくて、それで脱退しちゃったんだ。いまは公園で、一人で踊ってる」

　ミサキさんは相変わらず素敵だったけど、心なしかしょんぼりして、あのスゴかったオーラも薄れているように感じた。

「夏中バイトしてお金たまったら、東京行こうと思って。もうこの街に居場所はないなーって。ハハ」

そんなことを話すミサキさんは、すごく淋しげで、あたしは胸がきゅっと痛んだ。

横で話を聞いていた叔母さんは、

「そうだマユコ！　あれ、披露しようよ」

いきなりそう言って立ち上がると、おもむろに東方神起の曲をかけて、ユンホのソロパートを一人で踊り出した。

もーやだー。やめてよ。まさかミサキさんに見せるなんて。ちょっとマジ神経疑う！　図太すぎる……。

でも意外なことにミサキさんは、東方神起の完コピを大絶賛して、めちゃくちゃおもしろがってくれた。

「それ最高じゃないっすか！」

ミサキさんにそんなふうに言われると、なんだか本当にすごいのかもって気になるから不思議。

でも次の瞬間、「ニコニコ動画に上げようよ」とミサキさんが言い出したので、あたしの体は反射的にビクッと硬直してしまった。

「ニコ動って……〝踊ってみた〟ですか？」

「そうそう」ミサキさんは意気揚々と、ｉＰｈｏｎｅのカメラを起動させた。

「えぇ……それはチョット……」あたしは困り果てた。

「なんで？　ダメ？」

「ニコ動はちょっと……」

「なになに、なんで？　ＹｏｕＴｕｂｅならいいの？」

「えー……まぁ……」

「待って待って！」

割って入って叔母さんは言った。

「わたしたちの東方神起はウケ狙いすぎて絶対ファンに叩かれるわ。ね、こうしない？　この三人で踊りましょう！」

そこで題目は東方神起からＰｅｒｆｕｍｅの『ワンルーム・ディスコ』に変更された。あたしたちはＹｏｕＴｕｂｅでＰＶを調べて、夜を徹して振りを憶え、翌日の早朝にはカメラを回して三人で踊った。あたしがセンターのあ～ちゃんで、ミサキさんがのっち、叔母さんはかしゆかだ。叔母さんが間違えずに通して踊れるまで、何度も何度もテイクを重ねて、完成したときにはお昼を回っていた。

その動画をＹｏｕＴｕｂｅにＵＰするときは、なんだか世界が変わるような気がしたものだ。

エンターキーを押したら拓かれる未来。ドアを開けて外に出るように、たった一瞬で、すべてが変わる。前に進む。

その動画がきっかけになって、叔母さん以外の二人はダンスの才能を見込まれ、いきなりレディー・ガガのバックダンサーに抜擢されて、ワールドツアーに同行することになった。なんていう展開を、教室の机に頬杖をつきながら、何度も何度も夢想したけれど、そんなことは起こらなかった。抜擢どころか再生数もたった二桁だ。二学期になっても三学期になっても、中二になっても、二桁のままだった。


たった一つのアクションで、世界が変わることを期待して、その期待は何度も何度も裏切られた。数え切れないくらいのシチュエーションで、あたしはこの日常からするりと脱出できる日を夢見た。一足飛びで大人になれる日を。心から自由な気持ちを味わえる日を。

たった一つのアクションにすべてを託して。

アーケード街のあの場所へはじめて行ったときもそうだし、ＹｏｕＴｕｂｅに動画をＵＰした瞬間もそうだし、思い切ってエリちゃんに、仲間に入れてほしいと打ち明けたときもそうだった。

「それはちょっと無理だな。身長のバランス崩したくないんだよね」

エリちゃんは「えりりぃ」として、ニコ動の〝踊ってみた〟で超人気者だった。

「それにこんなことあんまり言いたくないけど、マユコ様は怖いって思ってるメンバーもいるから。ごめんね」

毎日毎日あたしは、パソコンの中でエリちゃんが輝いているのを、もう何百回何千回と再生している。かわいいかわいいと、滝のようなコメントが流れる中で、ひたむきに踊るエリちゃん。時代を先取りしていたエリちゃん。あたしが気づいたときには、彼女はもうスターだった。いまはたくさんの仲間に囲まれて、センターで踊ってる。


打ちひしがれるたび、あたしは踊る。

そして叔母さんに愚痴る。

叔母さんはそのたび、いつも同じことを言う。

「大丈夫だよ、マユコ。いま嫌いだなって思ってる人たちが、そのうちみんな、一人残らず周りから消えて、むしろ恋しくなる日が来るんだから。ほんとだよ」

は⁉　なに言ってんの。
そんなの全然信じられない。バカ言わないでよって感じ。
いつになったらそんなふうに思える日が来るってての。
どうしろってての。
ほんと、いつまで待てってての。

八月三十二日がはじまっちゃった

1

カズオは中学受験の年からうちには来なくなったから、小五のときに遊んだのが最後になる。だからその年の夏休みのことはよく憶えていて、今でもときどき思い出す。

カズオは同い年のいとこだ。一人っ子で、東京育ち。小学校低学年のころから夏休みに入るとすぐ、カズオはたった一人飛行機に乗って、この町にやって来た。

家族みんなで空港へ迎えに行き、到着出口で待っていると、カズオはキャビンアテンダントのおねえさんに付き添われて現れた。チェックのシャツを羽織ってマジックテープじゃないスニーカーを履いた、気取った感じの都会の子供。おじいちゃんおばあちゃんが「よく来たねぇ」と顔をくしゃくしゃにして出迎えると、カズオはちょっと引き気味に、「どうも」とよそよそしくこたえた。引きつった笑みを浮かべて、あたしとは目も合わさない。一人っ子の多くがそうであるように、カズオは人見知りで無口な子供だった。

到着してから数日は、家族みんなでカズオのご機嫌取りに奔走した。海水浴に行ったり、家電量販店で新作ゲームを買ったり。それもあって、あたしも年の離れたお兄ちゃんも、カズオの来訪を心待ちにしていたのだ。

でもそういう祝祭ムードが続くのはほんの数日だ。八月に入ってすぐの花火大会が終われば、夏休み最初のあのワクワク感はすっかりしぼんで、それからの日々あたしとカズオは、単調で退屈な毎日を過ごすことになる。ラジオ体操から戻るとそれぞれマンガを読み耽り、そのうち暑さに溶けるように眠ってしまう。そして昼にお母さんに起こされて、そうめんを食べる。

図書館とか近所の公園に行って、偶然会ったクラスメイトと遊ぶことになっても、カズオは隅っこでポータブルのゲーム機をピコピコやるばかりで、輪に加わろうとしない。あたしは気をつかって、

「ごめんやっぱ行かなきゃ……」

そそくさとみんなに別れを告げ、カズオの相手をした。

帰り道、カズオはさびしそうに、「ミニストップに行ってマンゴーパフェが食べた

い」と言う。「ミニストップ？　そんなのないよ」とあたしがこたえると、カズオは肩を落として、「知ってる。田舎だもん」と言った。

たしかにここは田舎だけど、自然に囲まれた素敵な田舎じゃなくて、ただのつまんない住宅街だ。うちはまぎれもなく〝田舎のおばあちゃんち〟ではあるけれど、スイカの種を飛ばせるような、気の利いた縁側もない。

2

それで小五の夏休み、あたしとカズオがなにをして過ごしたかというと、ずっとプレステで『ぼくのなつやすみ』というゲームをやっていたのだった。日がな一日。お母さんに叱られるまで延々と。

『ぼくのなつやすみ』は親戚の家にあずけられた小学生の「ボク」が、昆虫採集したり釣りに行ったり、ひたすら田舎の夏休みを満喫するというユルい内容で、本来は癒しを求める大人がノスタルジーに浸って楽しむためのものだった。

テレビに向かってカズオと二人、背中を丸めてあぐらをかいて、チカチカ光るゲームの世界を——のんびりした本物の田舎の風景を——眺めていると、本当にこれがあたしたちの夏休みなんだって気にさえなった。ゲーム上でのあたしたちの夏休みは、毎日すごく充実していた。

そうやって過ごすうちに八月はものすごいスピードで流れていって、気がつくとゲームの中の日付は八月三十一日になっていた。あたしたちが毎日あんまりやり込むもんだから、もうクリア目前まで来てしまったのだ。

ゲームの世界はツクツクボウシが鳴き、夏の終わりのセンチメンタルな空気に満ちている。あたしは致命的なことに気づいてしまった。本当の夏休みが終わるのは悲しいけど、ゲームの中の夏休みが終わるのは、もっともっと悲しいってことに。

八月三十一日の画面が終わりに近づくと、思わずあたしはすがるような目で、隣に座るカズオを見た。現実の世界ではもうすぐお盆だ。カズオのお父さんとお母さんが、渋滞しまくりの高速道路を何時間もかけてやって来る。そしてカズオを連れて帰ってしまう。夏休みが終わってしまう。

カズオはじっとゲームの画面を見ながら、神妙な顔でクリアの瞬間を迎えようとしていた。そして「あ」とつぶやくと振り向き、あたしの目を見て、

「大変だ。八月三十二日がはじまっちゃった」と言った。

「え？」

見ると、ゲーム画面の中が不思議なことになっていた。ＢＧＭが消え、セミの鳴き

声もぱたりと止んで、妙な静けさに包まれている。ほかのキャラクターも地球から消えてしまったように、どこにも見当たらない。

カズオはおもしろがってゲームをつづけるけれど、そのうちに「ボク」の体が透けて、おばけみたいになった。八月と九月の間の、時空の穴にすっぽり落ちて、無人の世界を彷徨う子供のおばけ。あたしはわけがわからず、怖い怖いとわめいた。だんだん本気でパニックになって、しまいには、ひっくひっくと泣きだしてしまった。

カズオはオロオロしながら「大丈夫だよ」と不安そうに言うと、あたしの頭をぺしんぺしんと撫でた。誰かの頭を撫でたことなんてないんだろう、力加減がでたらめで、けっこう痛かった。手のひらの乱暴な感触に、あたしの頭はズキズキといつまでもうずいた。

3

カズオが再びやって来て、「八月三十二日」の謎を解いたのは、あたしたちが大学に入った年のことだ。カズオは飛行機じゃなくて、青春18きっぷを使って鈍行列車に乗ってやって来た。

駅に迎えに行くとカズオは、背も伸びて顔つきも変わっていたから、誰だか全然わからなかった。Ｔシャツ一枚に、寝袋をホールドしたバックパックを背負った、日焼けした若者。人見知りもすっかり治って、ちゃんと目を見て話すし、よく喋るようになっている。

カズオを助手席に乗せてハンドルを握りながらあたしは、「そういえば八月三十二日のこと憶えてる？」と訊いてみた。カズオは憶えていると言って、なんでもないことみたいに、「あれはバグだよ」とあっさりこたえた。

ゲーム史上でも有名なバグ——ただのプログラミング上の欠陥——だそうだ。カズオもずっとあの謎の現象が気になっていて、その後ネットで調べたらしい。

「でも調べなきゃよかった」

カズオはあれがただのバグであると知って、ひどくつまらない気持ちになったという。子供時代最大のミステリーだったから、そのままにしておけばよかったと。「ほんとだね」とあたしも言った。それからあたしは、『ぼくのなつやすみ』が現実の夏休みよりよっぽど楽しかったと言うと、「俺も俺も」とカズオは目を輝かせた。

「あの夏休みが人生でいちばん充実してたかも」と更に言ったら、

「それはない！」と、カズオは笑って否定する。

たしかにカズオは今年の夏休みを、すごく満喫してるみたい。お墓参りを済ませたら、すぐにまた電車に乗って、どこかの町へ行ってしまった。

見送りに一緒に来たお兄ちゃんと、カズオはがしっと力強く握手をした。それからカズオはあたしの前に来ると、「じゃあまたな」と言って、頭をふわりと撫でた。そっと手のひらを載せるような、やさしい撫で方だった。

全然会わない間にすっかり大人になっちゃって。あたしはうれしいような、でも少しさびしいような。まるで季節の移り変わりを惜しむような、せつない気持ち。

改札に消えてゆくカズオの後ろ姿を眺めていると、お兄ちゃんが、「次に会えるのは誰かが死んだときだな」と言うので、「やめてよ！」と肩を叩いた。けど、たぶんその通りなんだろう。

カズオんちはゴールデンウィークは家族旅行、お正月は父方の実家に帰省と決まっていて、うちには来ない。だからカズオとは、夏にしか会ったことがない。

Mr. and Mrs.Aoki, R.I.P.

世の中には、いったいどんな仕事をして優雅な生活をキープしているのか謎な人たちがいます。文京区のヴィンテージマンションに住む青木夫妻はまさにその典型。旦那さんの方は五十歳を過ぎても、まるで青山学院大学に通う学生のような雰囲気を残し、ブリーフケースの代わりにサンローランのボストンバッグを提げて、平日はまばらな時間に出勤していきました。一方奥さんの方はナチュラルなセミロングに真紅の唇がトレードマーク。といっても毎シーズンごとに新作の口紅を買い直しているから、見る人が見れば色やツヤはしっかり流行を追いかけ、同じメイクでもけして古臭い感じはしません。マンションのエントランスに現れるときは、仕立てのいいリトルブラックドレスにコスチュームジュエリーという格好で、いつもハイヒール。シックだけどどこか陰のあるスタイルは、ほんのちょっとだけコールガールを連想させるものでした。彼女がそんな格好でどこに行っていたのか――誰もドレスアップをしなくなった不景気の東京で、そういった格好で浮かずに済む場所は限られています――それは親しい人でも知らない、青木夫妻の秘密のひとつでした。

本当に、彼らはまったくミステリアスな夫婦でした。生活の匂いというものが一切しないのです。土曜日は話題の美術展や舞台や映画を夫婦で観て、必ず外で食事をとります。そして日曜はそろってジムに行き体をしぼって、あとはゆっくり家で過ごすというスタイルを貫きました。彼らは食材にこだわり、何時間もかけて凝った料理を作りますが、後片付けは一切しません。夫婦は通いの家政婦さんを雇っているので、皿洗いは彼女の仕事なのです。平日の食事の用意から、掃除、洗濯、それからゴミ出しも。ワインの空き瓶や不燃物も、家政婦さんが出してくれるということです。

一九八〇年代後半、青木夫妻は頻繁に雑誌に取り上げられるような、ヒップな有名カップルでした。奥さんは元モデルで（やっぱり！）、旦那さんの方はその時代に大変もてはやされた知識人だか文化人だか、当時の花形だったということです（つまり今は……）。グーグルで検索してもこれ以上の情報は得られません。彼らは、世間から完全に忘れられた存在だということになります。

でも青木夫妻はそれを気に病んだりせず、むしろ心地好いと感じているようでした。注目を集めたいと思うことも、もちろんネットでなにかを発信することにも興味はありません。彼らは現代人にはめずらしく、自分たちの幸せを他人に見せびらかさなくても、幸せを感じることができたのでしょう。

メディアに出なくなってからの彼らの生活は、とても穏やかなものでした。大勢いたホームパーティーの常連たちとはいつの間にか疎遠になって、夫妻にはもはや友だちと気軽に呼べるような間柄のカップルはいなくなりました。それでも彼らはとても幸せそうです。なにをもって幸せとするかは難しい問題ですが、ふたりで出かけるときはいつも手をつなぎ、とびきりおしゃれをし、レストランで会話を弾ませている様子からしても、これ以上なにを望むのだ？　という感じです。

幸せのトレンドは時代によってコロコロ変わります（そう、まさにファッションのように！）。DINKSの時代は遠い昔に終了し、たとえば今なら〝可愛い子どもがいる〟ということは幸せに不可欠な要素とされ、それが〝可愛い犬〟となると、その幸せはややランクダウンしたものと見なされてしまうご時世です（ちなみに〝可愛い子ども〟も赤ちゃんのうちが最高レベル。成長して思春期に入ると、その家庭の幸福度はぐっと下がったものと見なされます）。

青木夫妻の上をさまざまな時代が流れていきました。ファッションの流行とは伴走をつづける青木夫妻も、幸せの流行からは幾分遠いところにいたことは事実です。そのせいか、かつてのように夫妻の元に雑誌の取材依頼が来ることはなくなりましたが、代わりに筆者のような好奇心旺盛な若者が――筆者が青木夫妻と交流を持つようになって十年が過ぎ、もはや若者と呼べる年齢ではなくなってしまいましたが――夫妻の魅力に惹きつけられ、集まってくるようになりました。

実際、青木夫妻にはこういった〝フォロワー〟が（ここでのフォロワーはツイッター登場以前の意味です）、わたしの他にも少なからずいました。多くは若者、それも田舎から東京のカルチャーに憧れて出てきたような人たちです。背伸びしたい時期の彼らは、同年代の学生と話すよりも青木夫妻との高尚な会話を好み、また青木夫妻も現実にからめとられていく同年代たちとの所帯じみた会話よりも（育児と家事、そして親の介護！）、若者たちとのコミュニケーションを好みました。そして夫妻は彼らを慕う若者たちを、自分たちの子どものように可愛がっていました。食事をごちそうし、情報を交換し、楽しいひとときを過ごすのです。青木夫妻は若者たちのちょっとした無作法にも寛容ですし、彼らの意見にきちんと耳を傾けます。若いからといって下に見るような真似も、もちろん説教もしません。でも訊かれれば、そっと教えてくれました。自分らしく装うコツや、靴を長持ちさせる手入れの仕方、美術品を買う意味や、インターネットとの距離の置き方なんかを。

青木夫妻が亡くなったとき、それまで彼らのことを忘れていたはずのメディアが、一斉に色めき立ってこう報道しました——八〇年代のイケイケカップル、自殺か？

遺体の第一発見者である家政婦さんの証言と司法解剖によって、一酸化炭素中毒による事故死であることがわかってからも、下世話な憶測はしばらくのあいだ週刊誌をにぎわせました。相当な借金を抱えていたとか、精神疾患に罹っていたとか。それだけではありません。わたしたち青木夫妻を慕うフォロワーすら知らなかった事実が、記事には微に入り細を穿ち書かれていました。

東京生まれ東京育ちだと思っていた夫妻が、実はそろって山梨県の出身であったこと。夫の誠氏は、勤務していた大学の学科が少子化によって閉鎖され、数年前からは都内の生涯学習センターでイギリス文学入門を教えていたこと。妻の美佐子氏はイメージコンサルタントとして、就活生や婚活中の女性の指導にあたっていたこと（〝男に尊重される女になる方法教えます〟）。そんないかにも自由がききそうな仕事でありながら、家事をアウトソーシングして楽をしていた美佐子氏に対するバッシングや、ふたりが老親の世話をきょうだいに押し付けていたことへの手厳しい批判もされました。それから記事には夫妻の経済状況についても詳しく書いてありました。高級ブランドを愛用する人の収入とは思えないような金額だったこと、そしてここ数年は貯金を食い潰すような暮らしだったことが、夫婦の生き方をどことなく否定するニュアンスで書かれていました。

たしかに思い当たる節はありました。上質なものを少量だけ持つエレガントな暮らしとしてわたしたちは憧れていましたが、夫妻の暮らしはゴージャスでありながら、よくよく考えれば質素なものでした。彼らはよく言っていたものです。スタイルを探す試行錯誤にはお金がかかるけれど、スタイルが見つかればあとはお金なんてちょっとで事足りるものよと。一九八〇年代に目一杯時間とお金をかけて築き上げた夫妻のスタイルは、一九九〇年代、二〇〇〇年代とアップデートを繰り返しつつ、ベースが変わることはありませんでした。

夫妻の死からしばらく経ってバッシングも一段落すると、今度は彼らの生き方が再評価されるようになりました。田舎での地縁を断ち切って、子どもも持たずに自分たちの世界をまっとうするために、ある意味わがままに生きた青木夫妻の姿は、その一本芯の通ったわがままさゆえ、注目されるようになったのです。そして彼らの書籍が刊行されると、ちょっとしたブームにさえなりました。きっかけになったのは青木夫妻のフォロワーの一人が出したライフスタイル本です。本の帯には、《本当の優雅さはお金とは関係がない》という惹句（じゃっく）が光り、それが十万部のヒットになると、後続本が次々出版されるようになりました。青木夫妻の秘蔵スナップ写真や愛用品の数々、ファッションのこだわり、それから日曜日に手間暇かけて作るレシピ集などをおさめたビジュアルブックは、大変な評判になりました。そんなわけで夫妻は雑誌に、ヒップな有名カップルとして、再び取り上げられるようになったのです。

低成長時代の今、晩年の青木夫妻が実践した生き方は、とても多くの人に支持されています。〝断捨離本〟や〝シンプルに生きる系〟が一段落した書店のライフスタイル本コーナーに、青木夫妻の関連書籍はジャストフィットし、幅広い世代の読者を獲得しています。ブームは止むことなく、ついには青木夫妻のライフストーリーがスペシャルドラマ化されることになりました。青木夫妻の最期(さいご)の日々を淡々と描いたドラマのラストは、一九八〇年代に撮られた、青木夫妻の本人映像で締めくくられていました。

アナログで撮られた粗い画質に映された彼らは、まだ二十代後半、結婚して半年という初々しい新婚カップルです。奥さんの方は相変わらず真紅の口紅にリトルブラックドレスですが、髪が一糸乱れぬ黒髪ワンレンロングでアクセサリーがTIFFANY&Co.のオープンハート、そして旦那さんの方は大きな黒縁メガネをかけて、当時流行っていたダブルのスーツに、足元は黒いパテントシューズという姿。若いふたりはまだちょっと世間を拗ねたような目をして、自分たちにしかわからない冗談を言って、くすくす笑い合っています。彼らの笑顔は、わたしが親しくしていた晩年と変わらず、朗らかで、どこかさびしげでした。

その笑顔を見たわたしは、ハッと気づきました。結婚とは、ふたりっきりで世界と対峙することに、ほかならないんじゃないかということに。だから夫婦とは本質的に、すごく孤独なんじゃないか。そして幸福とは——地味で、静かで、そしてすごく退屈なものなんじゃないか。

ドラマは青木夫妻が突然の死を、あらかじめ予期していたように描いていました。ファッショナブルな孤高のカップルの緩慢な自殺……。

彼らのことなんて、彼ら以外の誰にわかるんだ？

誰にも。誰にもわからない。そしてわからないことを知っているかのように語ってはいけない。だからわたしが青木夫妻について書くのも、これで最後にすることにします。

孤高のギャル　小松さん

この高校には三百人からの生徒が通っているが、ギャルなのは小松さんただ一人だった。県内では二番目の進学校である。

小松さんは休み時間いつも、机に“egg”や“Cawaii!”などのギラギラしたギャル雑誌を広げて熟読していた。彼女の机の回りには結界がはられたように誰も近づかなかったし、彼女には仲の良い友だちは一人もいなかった。

よく小松さんはトイレの鏡に顔を近づけ、眉毛を描いたりマスカラを塗り足したりしていた。一年生のころは得体の知れない小松さんに怯(おび)えて、居合わせた女子生徒たちは目を合わせないように遠慮がちに手を洗っていたが、やがて小松さんが人に害を与えたりするような人間でないことがわかると、彼女たちは露骨に非難がましい目を隠さなくなり、やがて小松さんを嘲笑するようになった。

教師たちは小松さんの扱いに関しては二分された。極力ほかの生徒と同じように接しているが、やっぱりどうしたってやりにくそうなのが滲(にじ)み出てしまうタイプと、露骨に嫌って見せしめのように意地悪をする体育会系の教師。小松さんは運が悪く、担任は三年間ずっと後者に当たった。

先生受けは悪かったが、小松さんは宿題の提出は欠かしたことがなかったし、遅刻したことも一度もなかった。小松さんは成績が下がると深刻に落ち込み、職員室に呼び出されると毎回本気で緊張した。何度言われても茶髪やピアスをやめないせいでか、それとも生来の生意気な顔立ちのせいでか、どんなに殊勝な顔をして立っていても、ふてぶてしいと言われて余計に怒られるのが常だった。理不尽なことで怒られると傷ついたが、そうは見えなかった。小松さんのハートはほかの十代同様にナイーブで、いつもちょっとしたことで深く傷ついた。でもそうは見えないものだから、そのことには誰も気づかなかった。

小松さんは異性にもまったくモテなかった。有名大学を目指す男子の間では、彼女は性的妄想の対象にはなり得ても、恋愛の対象からは除外された。誰からも好きと言われたことはなく、誰ともつき合ったことはなかった。小松さんは援助交際をしているという噂が当然のように広まっていたが、実際には彼女は処女で、同じ中学だった椎名くんのことが今も変わらず好きだった。

小松さんの高校生活はゆっくりと、淡々と流れていった。小松さんは勉学に追われながらも、ルーズソックスとスカート丈のバランスの黄金比率を研究したり、風呂場で髪を染めるのに悪戦苦闘したり、ゲームセンターのUFOキャッチャーで可愛いキーホルダーをしとめることなどに余暇の時間を費やした。彼女はいつも一人で、誰にも愚痴などこぼさず、一文の得にもならないギャル道を邁進しつづけた。小松さんの三年間はそのようにして過ぎていった。

この世の終わりのような不安に駆られた受験も終わり、どうにか東京の私立大学に合格した。卒業式には何人かの生徒に一緒に写真に写ってほしいと言われ、はりきってギャルっぽいポーズを決めてフレームに収まった。写真を現像したら郵便で送るねと口約束を交わされたが、その手紙は多分送られてこないだろうと小松さんは思う。三百人近い生徒の中には、密かに小松さんの孤高のギャルぶりを敬愛し、心の拠り所としている同様のはみ出し者も何人かいたが、そのことを小松さんに言葉で伝える者は現れなかった。もし彼らのうちの誰かがそれを小松さんに伝えていれば、彼女は泣いたかもしれない。

春休みになると小松さんは自動車教習所に通いはじめた。春からは東京に住むのだから、当面は車に乗ることはないだろう。しかしゆくゆくは娘が地元に帰ってくるのを見込んでいる親は、普通免許をとるようにと勧めたが、小松さんは頑なに拒否して原付の免許だけを短期間でとることにした。小松さんは東京の大学を卒業しても地元に帰る気などなかった。この街が嫌いなわけではなかったけれど、彼女はもうここにはいたくなかった。

教習所で何人かの同級生とばったり会った。学校ではあいさつすらしなかった人が、そこではにこやかに話しかけてきて、何度か遊びに誘われ、カラオケに行ったりした。カラオケのあとみんなと別れ、自転車を漕いで夜道を帰っていると、小松さんはきまって空虚な気持ちになった。早く東京に行きたいと思い、家に着くと東京のアパートの間取り図を取り出して眺め、家具の配置を考えたりした。

三月の半ばに突然電話がかかってきた。合格祝いに買ってもらった携帯に、知らない番号が表示される。出ると、それは中学のときからずっと好きな椎名くんだった。数日前に小松さんがカラオケに行ったときに連絡先を交換し合った誰かから、この番号を聞いたのだと言う。自分の知らないところで個人情報が出回っているようで嫌な気もしたけれど、ずっと好きだった椎名くんからの電話なので小松さんはうれしい。今度遊ぼうと誘われると、なんだか自分のぱっとしなかった三年間が一気に報われたような気がして、神様はいるのだと思った。

　椎名くんはその日、車で小松さんの家まで迎えに来た。彼は黒いダウンジャケットを着ていて、変な香水の匂いがして、車の中にはリンプ・ビズキットが流れていた。あんなに好きだった椎名くんだが、小松さんの心はあまり浮かなかった。生足を出してロングブーツを履いた小松さんは、助手席に座りながら、自分が乗りたかったのは椎名くんの自転車の後ろなのにと思った。椎名くんの自転車の後ろに乗って、学ラン姿の彼にそっと腕を回したかっただけなのにと。

　夕方のファミレスに連れて行かれ、椎名くんはそこを根城にしている何人かの友だちと代わる代わるお喋りをし、小松さんが退屈そうにケーキを食べている途中で、店を出ようと言いだした。車に乗り込むと椎名くんは、小松さんのことが好きだと言い、小松さんはその言葉が出任せであるのに気づきながら、一か八かで自分もそうだと言った。ずっと心のどこかで願っていたことが叶ったというのに、小松さんの心はやっぱり浮かなかった。

　椎名くんが言うわけのわからないことに曖昧(あいまい)な返事を繰り返していると、いつの間にか車はラブホテルの駐車場に入り、そのまま部屋まで連れて行かれ、気がつくとベッドの上で彼は小松さんの体の上に覆いかぶさっていた。小松さんは激しく混乱しながらも、どこかで見聞きしたようなあえぎ声を真似して小さく漏らし、精一杯感じているふりをした。

セックスが終わると椎名くんはすぐに服を着たので、小松さんもシーツの中で迷子になったパンツとブラジャーを探し、もぞもぞと不器用につけて、そのまま一緒に部屋を出た。会計のときお金が足りないというので、三千円払った。

車の中ではお互い無言だったが、リンプ・ビズキットのやかましい音楽が気まずい沈黙をかき消してくれた。家の前で車を止めると、また連絡すると言って、椎名くんの車は走り去っていった。

もう連絡はこないことを小松さんは知っているし、もう連絡なんてして欲しくないとも思っている。でも小松さんは鳴らない携帯電話を恨めしく眺めて、残りの春休みを過ごした。もう連絡はこないし、して欲しくもないのに、彼女はずっとそれを待っていた。小松さんが早く東京に行ってしまいたいと思うのは、こういう時だ。

今、小松さんは東京行きの特急電車に乗っている。窓の外にはお馴染みの街の景色が流れ、小松さんはそっと目を閉じる。そのとき頭の中に広がったのは、高校の屋上の前の、踊り場の風景だった。彼女は昼休みになると、いつもそこであんパンをかじり、牛乳を飲みながら、ギャル雑誌をめくっていた。ドラマや映画では高校の屋上は開放され、主要人物たちの溜まり場になっていたけれど、彼女の高校の屋上は南京錠（なんきんじょう）でしっかりと施錠されていた。そこに来る者は小松さん以外誰もいなかった。

　屋上の踊り場の蛍光灯は三年間切れかかったままだった。ちかちかと光が左右に走り、灰色とくすんだ水色で塗られた壁が寒々しかった。冬場は体が芯から冷えて凍えるほどだった。彼女のそばに寄り添っていたのは、赤い消火器だけだった。

　小松さんはその場所を思うと涙が出そうになる。彼女は涙をこらえて、こんな気分のときはいつもそうするように、人生はこれからだと自分に言い聞かせた。あたしの人生はきっとこれからだ。あたしの人生はきっとこれから楽しくなる。楽しいことはみんなこれからはじまる。それだけがいつも小松さんの心を支える、たった一人の友だちだった。

遊びの時間はすぐ終わる

その二階建てのショッピングセンターは、わたしたちが小学校にあがった年に完成した。正式名称は《ショッピングセンター　セール・フレンドリー　セフレ》。ポップ体で《セフレ》とかかれたキューブ型の看板を戴き、屋上駐車場へとつづく大きな滑り台みたいなスロープがかかっていて、それは立体駐車場のおもちゃみたいにダイナミックな、子供心に胸がわくわくする造形だった。セフレはそれまで見たどの建物より大きく、駐車場は途方もなく広く、一階には当時まだめずらしかったモスバーガーが入っていた。わたしたちは子供時代のほとんどを――学校と家を除けば――セフレで過ごした。セフレしか行くところがなかったのだ。セフレの本屋で『セブンティーン』を買って回し読みし、セフレの雑貨屋でお揃いのペンケースを買って友情の証とした。缶の筆箱が主流だった教室に、ファスナーのついた塩化ビニールのペンケースをはじめて持ち込んだのはわたしたちだった。柄はセサミストリート。別にセサミストリートのファンってわけじゃなかったけど、セフレの雑貨屋にはセサミグッズしか置いてなかったから、まあいいかって感じで。買い物っていうのは、欲しいものを選ぶというより、セフレで売ってるものを買うことだった。生まれてはじめてプリクラを撮ったのもセフレのゲームセンターだったし、高校一年の夏にバイトしたのも、はじめての彼氏とデートしたのも、資生堂のマスカラを買って化粧を覚えたのも、みんなセフレだ。

母親と一緒に一日置きにセフレに行き、食料品の買い出しに同伴していた幼少期から少し大きくなって、放課後友達と一緒にセフレに行くようになったのは、小学校五年のころ。加賀美（かがみ）と同じクラスになると、それまではせいぜい家から半径一キロだった行動範囲がぐんと広がって、自転車を漕いで自力でセフレに行くようになった。加賀美とは、その後十年にわたって親友だった。みんなからは「ゆきちゃん」と下の名前で呼ばれていたけど、わたしだけは彼女を苗字で呼び捨てにしていた。そっちの方が仲良し感があるし、大人っぽいと思ったから。いま加賀美は、高橋なんて凡庸な名前になって、車のチャイルドシートに娘を乗せ、セフレの食料品店に夕飯の買い出しに行くのが日課という。この街は相変わらずセフレしか行くところがないのかと思ったけど、それは小さな子供がいるからだった。郊外にはもっとこじゃれたお店ができて、二十代の女の子がサングラスをかけながらフラペチーノとか飲んでるらしい。

「わたしたちだってまだ二十代じゃん」と言うと、加賀美は「いやーそんな感じもう全然ないから！」とがらっぱちな調子で言った。子供が生まれてからはテリトリーも狭くなって、結局いちばん落ち着くのはセフレなんだよね〜と笑う。久しぶりに会うことになったときも、「セフレでいい？」と素で言われた。まるで放課後の待ち合わせの約束を、廊下で取り交わしているような感じで。思い出巡りとしての再訪ってわけでもなく、もちろん冷やかしでもない。

「いいよ」と即答したときに、セフレに対するわたしのスタンスを——郷愁と愛のある嘲笑を——ちゃんとリアクションに盛り込んでおけばよかった。八〇年代から時間が止まったようなフードコートで、加賀美は娘と一緒にうどんを食べ、わたしは紙カップに入った水っぽいコーヒーをちびちび飲んだ。うどん、そば、ラーメン、お好み焼き、アイスクリーム、フライドポテトとハンバーガー。看板のネオンサインがところどころ消え、建物全体の明かりも、東日本大震災直後の東京のように薄暗い。あたりには化学調味料の匂いがぷぅーんと漂っている。小学生のころにここで食べた、筆舌に尽くしがたく美味しかったうどんの味を思い出す。メラミン製のどんぶりをくっとあおって、汁は必ず全部飲み干した。あのうどんの正体が、加ト吉の冷凍さぬきうどんであることを知ったのは、夏の短期バイトでフードコートの厨房（ちゅうぼう）に入った高一のときだ。生まれてはじめてのアルバイトで、世界の秘密がみるみる暴かれていった。更衣室のあるバックヤードの荒んだ雰囲気、閉店後に使う従業員専用の出入り口、フードコートにおけるバイトたちの人間模様。仕事のハードさに懲り、二度と飲食では働くまいと心に誓った。

「ずいぶん空いてるね」と言うと、

「平日だからじゃない？」加賀美はまったく気にしていない様子。

平日だからこそ、人のいなさ加減が気になるのに。いつでも盛況だったフードコートが、いまやわたしたちのほかにはほとんど客もおらず、店員たちは会話もなく、暇そうにスマホをいじってるなんて。わたしが高校生のころはセフレもまだイケてたんだけどな。ここで何百時間という放課後を過ごし、何組ものカップルがデートしているのを目撃した。それがいま、学生の姿なんてどこにもない。授業をサボってセフレでたむろしている高校生が一人もいない。ほかのテナントも、わたしが最後に来たころとは様変わりしていた。プリクラを撮りまくったゲームセンターはダイソーになり、雑誌の発売日に胸を高鳴らせて通った本屋は介護用品売り場となり、通学用のコンバースを買った靴屋には中高年向けの黒いウォーキングシューズばかりが並ぶ。化粧品店だけは健在で、新商品がラミネート加工されたポップ付きで並んでいた。きっと加賀美の娘もゆくゆくは一人でセフレに来るようになり、ここでマスカラを買って化粧を覚えるんだろう。その前に、中学に上がったあたりでクラスの男子から、「ねえねえセフレって言ってみて」といやらしい冷やかしを受け、その言葉の一般的な意味を知ってショックを受けるのだろう。わたしたちの思い出が詰まったセフレと、セックスフレンドを指すセフレはイントネーションが違う。わたしたちのセフレは「博士」と同じ第一音節にアクセントがくるから、どこか清潔感がある。セフレを作った人たちのボキャブラリーの中にはそんな卑猥(ひわい)な単語がなかったから、うっかりこんな脇の甘い店名になってしまったんだろうと思うと、なんだか愛おしい。もっとも、そんなふうに思えるようになるまで、十年くらいかかったけれど。

　フードコートの死にっぷりとは対照的に、食料品売り場の方はおそろしくにぎわっていて、加賀美に訊くと、「今日ポイント五倍デーなんだよ」と言う。還元率なんてたかが知れてるし、ポイントカードは客の囲い込みのためなんだから、わざわざ人混みの中に出かけて長蛇の列に並ぶ労力を思うと、割に合わないんじゃないかと思う。二リットル入りのペットボトルが何本も入った重たい買い物カゴを腕に提げ、ポイントカードと持参したエコバッグを持ってじっと列に並んでいる人たちを見ると、思わず暇人（ひまじん）って言葉が浮かんだけど、加賀美もポイント五倍デーは「絶対逃さない」と目を輝かせて豪語したので、口に出さなくてよかったと思った。もっとも、暇人と言ったところで加賀美の気に障るとも思えない。久しぶりすぎて加賀美のツボがよくわからないので、探り探り会話してる感じ。共通の話題もないし、別に昔話もしないから沈黙が多発するけど、たぶん加賀美はそれも気にしていない。元々の性格のせいか、それとも母親になった人特有の鷹揚（おうよう）さなのか、加賀美はどこか自意識が欠けてるよう。そのせいで、なんだかうまく交信できない。気の利いたことが言いたいと思って、「うちのお母さんもポイント五倍デーめっちゃ行く」と迎合したことを口にするも、「基本だよね」と軽く流された。加賀美は娘にうどんの麺をほとんどあげてしまう。どんぶりは昔のままのメラミン製だ。光の反射で、細かいキズがいっぱいついているのが見えた。わたしたちが通った小学校で給食のときに使っていた食器も、たしかこんなのだった。

――アフリカの子供たちが飢えているのに、食べ物を残すなんて許しませんから！

小五のときの担任は、ぜいたくは敵だと言わんばかりの強い語調で食べ残しする児童を断罪し、そのせいで給食の時間はどこかピリピリしていた。好き嫌いが多かったわたしが先生にマークされず切り抜けられたのは、加賀美のおかげだった。配膳のときに「少なめで」と懇願してても、そこその量を盛られてしまい、お盆を持ったまま途方に暮れていると、どこからともなく加賀美が現れて、なにも言ってないのにお箸でひょいと苦手なものを自分のお皿に移してくれた。加賀美はわたしの苦手な食べ物を全部把握していたから、別にこちらから頼まなくてもスッと現れて、助けてくれるのだった。先生にもうるさい男子にも見つからないように、絶妙の角度と最小の動きで、加賀美はわたしのお皿からブロッコリーの和え物や煮豆を貰い受けてくれた。目配せすらせず、恩着せがましさもゼロ。人を助けるときにあんなにクールなやり方をする人をわたしはほかに知らない。加賀美は一人っ子なのに、お姉ちゃんみたいに頼もしかった。身長はクラスでも高い方で、生理も早かったし、胸のふくらみもあった。もしかしたらそのせいで、お姉ちゃんっぽい役割を押し付けてしまっていたのかもしれない。小学校のころはすごく大人っぽく見えていたのに、いつの間にかわたしの方が背が高くなっていた。加賀美はうどんの器を返却口に返し、新しい水を汲んで戻って来ると、トートバッグをごそごそやって、パッションピンクのタバコケースを取り出した。

「いる？」と訊かれ、「やめた」とこたえる。

「へぇー」加賀美は含みのある目をした。

「なんだよ」昔みたいな言い方をしてみる。

加賀美の細いメンソールは、一吸いするたび火種が赤くぢりぢり燃える。灰を親指で落とすときに、手首に引っかき傷のようなものがたくさんあるのが目に入った。そこだけすごく皺が寄っているのかと思ったけど、違う、あれはリスカ痕だ。加賀美はそれを隠してはいないようだった。ブレスレットを重ね付けするとか、リストバンドを巻くとか長袖を着るとか、やり方はいろいろあるはずなのに。むしろそれは、加賀美の世界では勲章なのかもしれない。精一杯生きた証とか、修羅場をくぐり抜けた証とか、そういうことを意味する記号なのかもしれない。「その手首どうしたの？」とカジュアルに訊いてもいいものなのか。訊いた方が、わたしも同じ側の人間なんだと思ってもらえるのか。でも、本当に深刻なトラウマがあったらどうしよう。

ごはんを終えた加賀美の娘が退屈して、耳にキーンと障る奇声をあげる。わたしはビクッとなって思わず顔をしかめてしまったけど、加賀美はまるで動じず、「ハイハイ」と軽くいなして放置した。これだけ人が少ないと、周りにペコペコしないでいいから楽だわと言う。本当に、悲しくなるほど人がいないし活気もない。みんなどこで遊んでるんだろ、と言うと、間髪をいれず「イオンでしょ」と切り返された。

「でも遠くない？　車で二時間くらいかかるじゃん」

「それは北ジャスの方ね。いまは道が良くなったから二時間もかかんないよ。新しくできた南ジャスは、車だと三〇分くらいだから」

「ナンジャスっていうんだ。ハハ」

小学校を卒業した春休み、加賀美とバスに乗って北ジャスまで遠征したことがある。いつも家族で行っていたその場所に、子供だけで行くのは大冒険だった。どこへ行くにも親の車で移動していたわたしは、バスに乗ること自体そのときがはじめてで、なにもかもが新鮮に映った。

バスの床はボロボロの古びた木でできていて、降車ボタンはピンポンじゃなくてブーッと鳴った。そのブーッて音がなぜかツボにはまって、二人して笑いが止まらなくなったっけ。擦り切れたベロアの椅子に並んで座り、二時間近く揺られる。その間、わたしたちはずっと緊張していた。いちばん後ろの、いちばんいい席には、途中から女子高生三人組が乗り込んできて、ひっきりなしに喋りまくっていた。彼女たちのまわりには、見ているだけでこっちまで高揚してくるような楽しげな空気がオーラのようにゆらめいていた。それはペトゥラ・クラークの『恋のダウンタウン』とセットになって記憶され、わたしの中で女子高生というと、いまでもこの光景が浮かぶ。

バス停から北ジャスまではけっこう距離があった。交通量が多くてだだっ広い道路を渡り、セフレとは比べものにならない途方もないスケールの駐車場を横切り、やっとの思いで入り口にたどり着く。親にせがんで行く北ジャスは、可愛いお店に夢中になっていてもすぐ時間切れになり、買って買ってとせがんでは叱られるばかりだったから、あんまり楽しめなかった。だから加賀美と二人でイオンで遊べるなんて、たまらない解放感だった。最初のうちは完全にハイになって、駆け出さんばかりに興奮していたけど、だんだん初期衝動も冷めてくると、無言のままどちらからともなく手をつないだ。なんとなく不安な気持ちで、真ん中が長方形の吹き抜けになった長い長い回廊をとぼとぼ歩く。怖い人に声をかけられたらどうしよう。強引な接客をされて、欲しくもないものを買わされたらどうしよう。

　春休み中だから、自分たちと同じような年の子もたくさん来ていた。中学生や高校生が、至るところにたむろしている。ちょっとでも手をはなしたら、加賀美と引き離され、迷子になり、そのまま生き別れてしまいそうな気がした。あまりの広さにたびたび途方に暮れ、無性に帰りたくなる。帰りたい。けど、帰れない。せっかくこんな遠くまで来たんだから、なにかを成し遂げなくちゃ。思い出を作るか、それかここでしか買えない、とびきりいいものを手に入れるまでは。

「そうだ、これ。すごいつまんないものだけど」

と言いながら紙袋を差し出す。加賀美へのお土産はなににしようか、悩み過ぎて一周し、結局大慌てで東京ばな奈を一箱買ってきた。新幹線に乗ってる間ずっと、数年ぶりに会う親友にこんなもんあげるなんてやだなと気に病んで過ごしたけど、加賀美は目をきらきらさせて、「え、東京ばな奈ってなに？」と無邪気に言った。「ひよ子じゃねえの？」と、せせら笑いを付け足しながら、ほんとにうれしそう。

「もう東京はひよ子じゃないんだよ。いまは東京ばな奈の方がメジャーなの」と言うと、まるで昭和からタイムスリップした人のように、「へぇ～知らなかった！」と驚いていた。

「一度も行ったことなかったっけ？」

「うん。でもディズニーランドは毎年行ってるよ。あ、ディズニーランドは千葉って言いたいんでしょ？」加賀美は疑るような目を向ける。

「そんな古典的な突っ込みしねえし！」

わたしが口悪く言うと、加賀美はハハッとうれしそうにして、

「いつも直行バスで行ってたから、東京駅とかは行ったことない」と言った。

娘にせがまれて加賀美はパッケージをべりべり破り、中から個包装された東京ばな

奈を取り出す。

「うわ、マジでバナナの形じゃん。ウケるんですけど」

娘の方も大喜びではしゃいでいる。

「ハハ、よかったねー。ありがとう言って」

娘の耳にはそんなこと、まるっきり聞こえてないみたいだ。

いま加賀美がいるこの世界は、平和でいいな。ゆるくて、素朴で、愛おしい。いまわたしがいるのは、とびきり洒落（しゃれ）た最新のスイーツを、さり気なく手土産に持って行く人が賞賛を集める世界だ。たかがお菓子のくせにと思うけど、それは自分の文化的素養をアピールする、社交の重要アイテムなのだ。口うるさいおばさんっぽいその手の作法って――ある種の上品さって――人を傷つけもする。でも、いつの間にかそういう見栄が自分にも染み付いて、加賀美をうならせるお土産を持って行こうと、わざわざ東京スイーツを特集したムックまで読み込んでいた。なににしようかあれこれ考えた挙げ句、東京ばな奈に着地してしまった自分はなんてダサいんだと凹（へこ）んだけど、それで正解だった。間違っても溜池山王（ためいけさんのう）まで行って、ツッカベッカライ・カヤヌマのクッキーなんて買わなくてよかった。わざわざ予約してクッキー買うとか、行列に並ぶとか、そんなのここでは全部どうでもいいことだ。東京ならではの気取った冷たさに嫌気が差して、目の前の加賀美のピュアさを抱きしめたくなる。どちらの世界とも、微妙にそりが合わないけど。わたしはその中間で、どっちつかずにぷらぷら浮遊している。

「え――――嘘でしょ⁉　アニメイトないの⁉」

バスで二時間かけて行った北ジャスで、フロアガイドを見ながら十二歳の加賀美が叫んだ。北ジャスにはアニメイトが入っているという噂を聞いて、わざわざここまで来たのだった。『幽☆遊☆白書』に夢中だった加賀美は、クラスの誰かが持っていた蔵馬(くらま)と飛影(ひえい)のグッズを求めてこの遠出を持ちかけたのに、アニメイトはどこにもなかった。「北ジャスのアニメイトで買ったっつってたのに！」と本気で悔しがる加賀美。そのころはネットなんかもちろんなくて、不確かな情報にさんざん振り回された。すっかり士気が下がって、口数も減った。仕方なく五百円くらいの髪留めを、あれこれ感想を言い合いながら見たりする。「これ可愛い」「ほんとだ可愛い」「これも可愛い」「あ、ほんとだ。加賀美に似合いそう」「ほんと？」……。店には素敵なワンピースやカッコいいプリントTシャツが氾濫しているけど、わたしたちのご用達ブランド、スズタンより安い服はなかなか売っていない。あちこち歩きまわって最終的に買ったのは、ミチコ・ロンドンの黒いナイロン製ペンケースだった。中学は校則が厳しく、キャラものの文房具は使えないという話を聞いていたから。「これ、セフレにも売ってたよね」と笑いながらレジに並んだ。二人して同じ商品を買い、プレゼント包装してもらって、お互いに贈り合うことにした。包装紙はセフレのものとは違って可憐な小花柄だった。ピンクのリボンを十字にかけられると、わたしたちは顔を見合わせ無言できゃーと叫んだ。ベンチに座り、いまさっき買ったペンケースを交換すると、いよいよ中学生かという思いが強くなってきた。人でごった返すイオンの一階フロアを眺めながら、わたしたちはしばしの間、子供時代が終焉(しゅうえん)する予感に浸った。

ペンケースを買い収穫をあげても、まだまだ帰る気持ちにはなれなかった。ここまで来たからには、もっともっと楽しい思いを味わわなくては。誰か知ってる人に会わないかなぁと思いながら歩いていて、同じクラスの男子がお母さんに連れられてるのを見つけたけど、目が合うと恥ずかしそうに逸らされた。加賀美に報告したら、囃し立てなきゃいけない流れになりそうだったので黙っておいた。次から次へと知らないお店が現れ、ファンシーな商品が溢れかえっているのには興奮しっぱなしだったけど、とりわけ雑誌でよく見かけたボディショップには二人とも大感激だった。突き当たりにひっそり佇んでいるところも大人っぽく感じたし、嗅いだことのないいい匂いが漂って、そこだけ外国のようだった。隅から隅まで商品を見たけど、買えそうな値段のものは一つもなかった。バスボールを見つけて、それを二人で買い、中身を分けた。バスボールの使い道なんてもちろんわからない。後日お風呂に入れてみるとオイルまみれのべとべとになって、滑って危険じゃないのと親に叱られたりした。

　ボディショップでさんざん時間を潰したのに、それでもまだ帰る気になれなかった。だって、まだまだ楽しいことが起こりそうなんだもん。ここにはなにかありそう。なにかが起きそう。誰かに会えそう。そんな期待は募る一方だった。ほんの数時間の滞在じゃ全然満足できなくて、むしろ枯渇感は増すばかりだった。それと同時に、早くいつもの場所に帰って安心したいという気持ちが溢れ、悲しくなってくる。帰りのバスに無事乗れたときは心の底から安堵して、二人折り重なるようにして眠った。中学に上がると加賀美はもう、アニメイトに行きたいなんて言わなくなった。

　わたしも加賀美も別に足が速いわけでもないくせに、なぜか中学で陸上部に入るというミスをおかしてしまう。ほんとになんで陸上部を選んだのか、意味がわからない。

毎日十キロくらい走らされて音を上げ、夏休み前にさっさと辞めて、二学期からは運動部のなかでいちばん地味な卓球部に入り直し、わたしたちはヒエラルキー的にかなり日陰な感じになった。どうもそのあたりから、人生にケチがついた感じ。加賀美はそのころ住んでいた団地の先輩に影響されて、中途半端にヤンキー化してたけど。

嫌なことがあると憂さ晴らしに北ジャスに行った。セフレだと中学の先輩に会うから、北ジャスの方が安心して遊べたのだ。二時間かかる市バスより、途中まで電車で行って、北ジャスの最寄り駅から出ている無料のシャトルバスに乗る方が、はるかに早く安く着く。シャトルバスには近隣の年寄りがたくさん乗っていた。遠足みたいなテンションのおばあちゃんたちを見ていると、気楽でいいなぁと思った。北ジャス行きのバスに乗ってるときは決まって、わたしたちは死んだ目で窓の外を眺めたものだ。別にそこが嫌いだったわけじゃないけど、なぜだかそういう顔になってしまう景色なのだ。

北ジャスに着くとひたすら洋服を見た。あとはミスド。北ジャスに入っている服屋は、雑誌にも載ってない謎のショップばかりで、どれがイケてるブランドでどれがイケてないブランドなのか全然わからない。こんなに服屋にばっかり入っているのに、わたしたちはどこへ行くにも基本的に制服を着ていた。洋服を買っても買っても、私服には全然自信なかった。高校に行くと加賀美はオーソドックスな女子高生ギャルへと安定の進化を遂げた。わたしの方は、まあ普通の女子高生。電車通学になり、北ジャスへはほぼ週一ペースで通った。北ジャスのバカみたいに広い店内で、一度加賀美とはぐれてしまったことがある。まだ携帯も持ってなかったから、どうしようか本気で途方に暮れた。わたしが先に帰って、もし加賀美が残って探してくれてたら悪いし、身動きがとれない。館内アナウンスはかっこ悪いからいやだ。そのときなぜか思いついて、わたしの足は二階の突き当たりにあるボディショップに向かった。よくわからない直感が働いたのだ。そしたら店の前で手を振ってる加賀美がいて、わたしたちはぎゅっと抱き合った。「テレパシー感じたの」と言う加賀美に、「わたしも！　わたしも感じたんだよ！」と興奮して伝え、飛び跳ねながらまた抱き合った。それ以来北ジャスではぐれたら、ボディショップの前に集合するのが暗黙の了解となった。

高校を卒業したあとは二人ともフリーターだった。セフレのモスバーガー、ローソン、ガストと、あちこちで気ままに働いた。どちらもオートマ限定の運転免許を取っていたけど、車はいつもわたしが出した。うちの母親は専業主婦で、夕飯の買い物にしか車を使わないから、いつでも自由に借りられた。仕事が終わると郊外のファミレスでごはんを食べ、近場で知った人が遊んでいるという情報が入ればすっ飛んで行って、とくに目的のないだらだらした時間を共にした。あのころはとにかくいろんな人と絡んだ。中学にあがってからのわたしたちは、かなりマイナーな存在に転落していたけど、そういう黒歴史みたいなのはみんなの中で——主に中学の同級生の男子の中で——完全にチャラになっていた。彼らにすれば、女は女なのだ。一度も話したことがないような同級生の男子から突然ケータイに電話がかかり、「いまから出て来れる？」「〇〇高校の誰々が、お前と会わせてって言ってんだけど」などと呼び出される。ケータイにはひっきりなしにその手の連絡が入った。呼ばれれば喜んで行ったし、いつでもどこでも歓迎された。わたしたちはすごく若くて、そして女だったから。誰からも誘われないと不安になるくらい、いつも人に囲まれていた。知らない人んちで、同級生の実家で、ファミレスで、コンビニの駐車場で、セフレで、イオンで、海で、山で、カラオケで、ボウリング場で、チェーンの居酒屋で。いつも誰かと一緒だった。あんまり人と一緒にいすぎると、だんだん一人でいるのに耐えられなくなる。でもさびしさを感じる前に、誰かから必ず連絡が入った。嫌な目にもそれなりに遭った。なかなか加賀美と手を切ろうとしない男から脅しにあったり、とんでもないヤリチン男に恋をして泣いたり——これはわたしのエピソードだ——。でも、すぐに別の誰かが現れて慰めてくれたし、そうやって暇は潰れた。わたしたちの連絡先は男子たちの秘密のネットワークにばら撒かれているのかと思うほど、入れ替わり立ち替わり誰かが現れた。わたしたちにすればその一つ一つは恋愛にカウントされるけど、冷静に考えるとただ食われていただけだと思う。いろんな男の子と知り合ったけど、名前も憶えてない人がたくさんいる。向こうもそうだろう。わたしの名前なんて知らないだろうし、顔すら思い出せないだろう。


加賀美のスマホが鳴る。ちらっと見えた液晶には、LINEの通知が光っていた。手早くいじって返信すると、「ママから」と言う。

「あ、加賀美のお母さん元気?」

「うん元気……だけど、旦那の親に遠慮してあんまり顔出さない。外でこっそり会うけどね」

加賀美たち一家は、高橋の実家の近くに家を建ててもらって住んでいるという。近所に義理の両親がいてもあんまり孫の面倒はみてくれないらしく、加賀美は不満そうに口を尖らせる。

「よく孫の顔が見たいって言うじゃん？　あれってほんとに見るだけなのな！」

大変だね～と労（ねぎら）いつつ、うっすらにやけてしまう。加賀美が姑（しゅうとめ）の愚痴を言ってるなんて、なんかシュールだ。かたわらに自分の子供を座らせている図も。でも、よく考えたらいまのこの状態こそが、加賀美が本来なるべき姿だったのかもしれない。というより、クラスの女子のほとんどが、基本的にこうなる運命なのか。まるでそのことに、わたし一人が気づいていなかったみたいだ。わたしは——もう少し若いころはもっと本気で——自分はなんにでもなれると思っていた。

加賀美のうちは母子家庭で、お母さんは昼はスーパーでお惣菜を作り、夜はスナックで働いていた。日曜日に遊びに行ったとき、キッチンのテーブルに新聞を広げてコーヒーを飲んでる姿を見たことがある。頭が痛いと辛そうに言う加賀美のお母さんの、なんとも言えない色っぽさ。あのとき、いったい何歳くらいだったんだろうか。彼女の留守中に、こっそり洋服を着て遊んだりもした。ナイロンカバーに覆われたハンガーラックの中には、黒い洋服ばかりが並んでいた。小さな宝石箱を見つけて開けると、パールに金細工をしたようなイヤリングが入っていた。ブランド名なんかわかってないくせに、「シャネルだシャネルだ」と言ってわいわい興奮しながら、鏡に向かってそっと合わせてみる。ダイヤの指輪もあり、「これ本物？」と加賀美に訊いたら、「うちのママは偽物なんかつけないよ」と、ちょっとムッとしたように言っていた。

お母さんが引っ越し魔のため、加賀美は学区内を転々とした。引っ越しのたびに不要品を処分して身軽になり、業者には頼まず軽トラを借りて自力で引っ越してしまう加賀美のお母さんは、いま考えてもなかなかのつわものだった。中学に入った加賀美がピアスの穴をあけたり髪を染めたりしても、止めるでも叱るでもなく、「いいぞいいぞ」と思っているふしがあった。いまの加賀美も、娘がちょっと不良になったところで、「いいぞいいぞ」と焚き付けそうな感じ。

加賀美たち母娘は、一軒家に住んだかと思えば団地に引っ越したり、コーポに住んだりしていた。高校生のころから二十歳くらいまでは、雑居ビルのいちばん上、外階段で三階までのぼったところが加賀美のうちだった。屋上へは加賀美のうちからしか行けないようになっていて、真夏になるとそこで水着姿になり、ホームセンターで買った子供用のビニールプールに水を張って遊んだことがある。お揃いで買ったビキニを着て、ちゃちなサングラスをかけ、女二人気が狂ったようにはしゃいだ。家の冷凍庫から棒アイスを取ってくると、加賀美はいやらしい食べ方をしてみせるので、その下品さにギャハハと爆笑した。ああいう時間はものすごく楽しかったけど、加賀美は男がいないとすぐにつまらなさそうになってしまう。「誰か呼ぶ?」と声をかけると、

「だねだね！」とノッてきて、手当たり次第に男の子に連絡を入れた。

　別にいいんだけどさ。別にいいんだけど。男子っているとたしかに楽しいし、バカでおもしろいけど、すごくその場の空気を支配するから、なんか蚊帳の外に追いやられた気分になって、悲しくなってしまうのだ。自分たちの遊びの時間の主導権を、握らせてもらえないような感じ。でも加賀美は、そういうところも含めて、男の子と遊ぶのが楽しくてたまらないふうだった。まあ、わかるけど。そういう気持ちも、わかるんだけどね。

　加賀美がトートバッグからジップロックに入ったたまごボーロを取り出して、娘の口に入れた。ぴよぴよした口元が、巣でエサを待つひな鳥みたいで可愛い。加賀美の娘は驚くほど、加賀美のＤＮＡを感じさせなかった。「高橋にそっくりだね」と言うと、「そうなんだよ〜」、加賀美は困り顔でうれしそうに笑った。中学の同級生の誰と誰がくっつくかなんて、そんなの予想できないものだけど、にしても加賀美と高橋の組み合わせは本当に謎だ。加賀美がゆくゆくは高橋んちの嫁になるなんて、誰が想像しただろう。

　高橋というと、中学時代に必要に迫られて話しかけたときの、拒絶するようなスネた態度しか記憶にない。その後高校デビューしたらしく、こざっぱりとしたお洒落な外見になって再び現れたとき、加賀美は「超カッコ良くなってるじゃん！」ときゃーきゃー言っていた。「でも高橋だよ?」。そんな言葉はまるで耳に入ってないみたいだった。同じ教室にいた異性の間にだけ発生する、特別なときめきというのはたしかにあるけれど、高橋がどんなにカッコ良くなってても、男として見るのは無理だな。髪型や服装でかなり誤魔化されてるけど、とろんとしたタレ目でいつも口が半開きなのは、中学のころと一つも変わらない。表情や姿勢ってその人の本性が出るもんだなぁと、萎えた気持ちで観察していた。高橋がどこからか呼んでくる〝ツレ〟も、まず間違いなく頭が悪そうだった。チャラさで虚勢を張り、会話は成立せず、ちょっとでも理解できないことを言われると揚げ足を取ってくる。高橋の運転するデカい四駆にみんなで乗り込み、助手席から加賀美がこちらを冷やかすような目でのぞきこみ、「こことここがくっつけば楽しいのにな」と期待を滲ませるのが辛かった。「それは無理！」っていうわたしからのテレパシーは、加賀美にはもう全然伝わらない。思えばあのころが、わたしたちが〝わたしたち〟でいられた最期だった。そのうちわたしはなにをしても満たされなくて、だんだんみんなのことがバカに見えてきた。飽き飽きしてきた。最終的にシニカルで嫌な態度を隠さなくなって、わたしはみんなから顰蹙を買った。二十歳になり、同窓会みたいな成人式に出て半年経つと、ほとんどの人が特定の相手と落ち着きはじめ、高校三年の春休みから足かけ二年つづいたお祭りも静かに終わろうとしていた。まるですべては、誰かとカップルになるための壮大なパーティーだったようだ。

それはなんだか空虚な後味を残した。狂騒に巻き込まれ、ノリで何人かとつき合ったけど、どの人も似たようなタイプで――粗野で話が通じず、小さな世界に満足し、向上心に欠ける――関係はつづかなかった。わたしはだんだん一人でいることを選ぶようになった。一人でいることに慣れ、一人でいることが怖くなくなっていった。

わたしたちは親友だけど、本当はいろいろ違った。おおむね同じだと思っていたけど、少しずつ、本当は全然違うことがわかってきた。というか、わたしだけがしっくりきていなかった。東京に行って専門学校に入り直そうと思ったとき、加賀美には相談しないことにした。加賀美に言えば引き止められるに決まってたし、引き止められたからってこの先なにか展開があるとも思えなかったから。でも、あのとき加賀美とうまくやれなくなったからこそ、外の世界に飛び出そうという気になれたのだ。加賀美が楽しくて仕方ないと思っていることが、わたしには全然楽しいとは思えなくて、一緒にいても不機嫌になるばかりだった。どうしてなのか自分でもわからない。そして家出するように姿を消した。家出といっても、加賀美からの個人的な家出という感じだけど。親を説得し、一人で新幹線に乗り、知らない駅に降り立って、狭いアパートの部屋でごろんと横になったときも、頭の隅にチラつくのは加賀美のことだった。ケンカ別れってわけじゃないけど、まあそれに近い状態。わたしが東京のアパートからメールで事後報告しても、〈はっ？　マジで⁉　嘘でしょ？〉ってメールで返ってくるだけだった。あ、電話もかけてこないんだってガッカリして、もういいと思った。東京で加賀美より気の合う親友を見つけて、恋人も作って、やりたい仕事に就いて、いい感じになったら地元に戻ろうと思った。その計画を酔っ払った勢いで人に言ったら、「お前気持ち悪ぃよ」と吐き捨てられた。

たしかにそうだ。わたしは加賀美との関係にこだわり過ぎて、一人だけ先に進めなくなっていた。でも「先に進む」ってなに？　地元で結婚して子供を産んで、自分そっくりの出来損ないを再生産すること？　そんでママ友とファミレスで耳障りな会話を延々することと？　実際のところ、それ一択だったのかもしれない。それ以上の期待は、別に誰にもされていなかったのかもしれない。

加賀美は娘を膝にのせてあやしながら、「東京がどんなところなのか、気になったこともあるんだよ」と言った。

「あんたがどうしてるのかも、すごく気になってた」

それは知ってる。加賀美は一度、ぐっとくる長文メールをくれたから。前半はわたしのことを心配してる内容だったけど、後半は彼氏とうまくいってないことが綴られていて、そっちの方が本題っぽかったからなんか癪だったけど。でもあの前半は本当に泣けた。メールボックスがいっぱいになっても、消えないようにプロテクトをかけてたけど、ケータイを機種変更するうちにどこかへいってしまった。

いろんなものが、そんなふうにして消えていった。引っ越しのたびに減っていった靴や洋服。一時は漫画喫茶みたいになってた大量の漫画本も処分して、いまでは十冊ほどしか手元に残っていない。自分がなにを持っていて、いつなにを失くしていまに至るのか、どんどん忘れていく。記憶は曖昧になって、なにが本当に起こったことなのかもわからなくなる。わたしはちゃんと加賀美にあのメールを返したんだっけ？　目の前にいる加賀美と、かつてテレパシーが使えそうなくらい仲が良かったことも、ちょっと信じられない。

「加賀美って、娘に将来どうなってほしい？」

「えーわかんない。なんでもいいよ。普通に高校まで出て、あとは好きにすればって感じ」

「結婚して子供産んで、みたいな？」

「そーだね。そんな感じで」

「じゃあさ、加賀美って、なにになりたかった？」

「ええ？」

「そういう話、したことなかったから」

「別になにもないよ。小学生のころはケーキ屋さんとかだったかな」

「ハハ。可愛い」

「でしょ～？　中学入ってからは、別になにもなかったな。実際ケーキ屋で売り子のバイトしたことはあったけど」

「ああ、してたね、そういえば」

「むしろ大人になってからは……結婚してからは、そういうこと誰にも訊かれなくなってほっとしてたかも。だって別になりてえものとかねえし！　みたいな。訊くなよって感じで。そうじゃない？」

たしかにそうだ。具体的な職業に「なりたい」と思ったことなんて、わたしだって一度もない。訊かれれば苦しまぎれに花屋とか、無難で女の子らしい仕事を言ってただけで。普通に生きてる普通の人間には、野心もなければ夢もない。ただこのまま、ちょっとだけ退屈な、けれどそのぶん平和で幸せな生活がつづくことを、謙虚に願っているだけだ。うちは母親が専業主婦だったから、外で働いているお母さんに――加賀美のお母さんとかに――妙なあこがれを持っていたところはある。反対に加賀美は、うちの母親が専業主婦であることをうらやましがってたっけ。専業主婦って最高じゃんと、結婚願望は昔から強かった。でも、そんな話を最後にしたのは十二歳くらいのときだ。それっきり、女としての人生設計なんて話したこともない。

「でもあんた、スゴいよね、東京とか」

「………」

「まさかほんとに行くなんて思ってなかった」

「そお？　そこまで遠くないじゃん」

「遠いとか近いとかの問題じゃないって。怖そうじゃん。殺人事件とかいっぱい起きてそうだし。そんなとこよく行くな〜って。なんか、ちょっと、考えられないもん、あたしには」

こういう感覚の違いって、なんだろうな。昔はわたしより加賀美の方が、ずっと冒険心が強かったのに。わたし一人だったら、小学生のときに北ジャスまで行こうなんて絶対言いださなかったもん。加賀美が提案したから乗っただけで、自分からは思いつきもしなかった。

でも、あの日のあの感じは、悪くなかった。すごく良かった。自分たちだけがクラスのみんなより一足先に、大人になった気分。遠くまで行けたという事実。十八歳になって免許取って、車ではじめて北ジャスに行ったときもそうだった。助手席に加賀美を乗せて、爆音でユーロビートのコンピ・アルバムかけて。加賀美なんてハコ乗りしそうな勢いで興奮してた。このままどこまでだって行ける気がした。どこまでもどこまでも。東京へもニューヨークへも。天国へも地獄へも。

それなのにいまの加賀美は、「セフレから先へは滅多に出ない」と言う。南ジャスへも、休日に高橋の車で行くそうだ。「だってバイパス走りたくないもん」と加賀美。わたしだって車で高速とか、怖すぎて一度も走ったことないけど。それでも行ったことのない場所があれば、クリアしなければと思ったし、したことがないことは、やってみなきゃと思った。バイトもセックスも上京も一人暮らしもアジア旅行も、そんな義務感で無理矢理やった。恐れる気持ちを乗り越えなければ、経験値をできるだけ上げなければ、自分が思い描いているような大人にはなれない気がして、無理矢理やった。こういう性分を「独立心旺盛」というのだと、のちのちある人に言われて知る。それでやっと自分のことが腑に落ちたけど、「でもそういう女は結婚には向かない」と余計なことまで言われた。そのときは別に腹も立たなかったけど、たしかにその通りだといまになって思う。ここまで考えすぎるようになると、もはやおいそれと結婚できないし、子供も産めないいんじゃないか？　もしわたしが結婚したら――そして仕事をやめて専業主婦になって、加賀美みたいに子育て中心の人生を選んだら――まず一二〇％手芸に走るだろうな。行き場のない創造力を布小物やビーズのアクセサリーに叩きつけて、それにアバハウス・ドゥヴィネットみたいに大仰な、それでいて意味のないブランド名をつけてネットで売るのだ。結婚している友達で手芸に走ってない人なんて一人もいないから、これは既定路線だ。五十代になるころには革小物まで作るようになっているだろう。そして作風はどんどん独特になっていき、お客のほとんどが癖のあるファッションを好むお金持ちのご婦人になっているのだ。もしそれが現実になったら、わたしは「こんな人生、欺瞞だらけよ」なんて言って笑えるのだろうか。それとも、そんな斜に構えたメタ視点なんかどっか行っちゃって、真顔で納品書をしこしこ書いているのか。目の前でメンソールを吸う加賀美も、十代のころはもっと切れ味が鋭かったから、充分ありうるな。真顔で納品書、全然ありうる。いまの加賀美を見ていると、思わずアジって自我を目覚めさせたくなる。かつてTKサウンド一辺倒だった加賀美に、洋楽を聴かせまくって洗脳したように。でもそれをしたらいまよりうんと生きづらくなってしまうんだろう。ちらりと浮かんだその考えが、まるで加賀美を悪の道に連れ込もうとしているように思える。わたしたちはなにも知らない方がいいし、なにも出来ない方がいいのかもしれない。古来言われているように、可愛くて少しおバカさんくらいが、楽に生きられるというのは真実なんだろう。加賀美の娘にちらりと目をやって、そんなことを思う。そして加賀美は、手遅れになる少し手前で軌道修正できた、わたしの姿みたいだ。主体性が育ちすぎて複雑にならずに済んだ——そのおかげで地元での暮らしにすんなり適応できている——もう一人の自分の姿。

別にパソコンが好きとか得意ってわけじゃなかったけど、なんとなく専門学校はウェブデザインを専攻して、卒業後は斡旋してもらった会社に就職した。初任給十六万。スキルも体力的にも全然ついていけなくて、三ヶ月ももたなかった。一応フリーランスの名刺を作ったけど、仕事なんか来ない。わたしは近所のインド料理の店で、サリーの偽物みたいな綿のワンピースを着て、チャイを高いところからアクロバティックに注いで熱を冷ます技術を熟練させていった。ときどきは、専門学校時代の友達が仕事をパスしてくれることもあるけど、大抵の日はチャイを注いでいた。飲食系のバイトは疲れるから、あんなに嫌だったのに。結局なんのとりえもない人間は、人の給仕をするしかなくなるのだろうか。仕事が終わった夜、駅前のファストフードの窓辺に座って、帰りを急ぐ人たちの後ろ姿をぼーっと眺めるのは、一日の終わりの儀式のようになっている。みんな家に帰りたくて仕方ないみたいに、脇目もふらず足早に歩き過ぎて行く。帰りたいのはわたしも一緒だ。でも帰れない。まだなにかやり残したような気がして、このままじゃ帰れない。今日という日に、わたしはまだなにかできるんじゃないかという気がして。せっかく身支度をして靴を履き、家のドアに鍵をかけ、外に出たんだから、なにかを成し遂げなくては。チャイを注ぐこと以外のなにかを。ささやかでもいいから思い出を作るか、とびきりいいものを手に入れるまでは。帰りたくても帰れない。

四時をまわったのでもう行かなくちゃと、加賀美はトートバッグにタバコケースを放り入れる。わたしも残したコーヒーを返却口に戻す。「あー今日の夕飯はモスバーガーだな」と加賀美。「モスバーガーでテイクアウト注文してからトイレ寄って、受け取ってちびを車乗せて、家帰ったら五時前かぁ～。Eテレなにやってたっけ」ぶつぶつ独りごとを言いながら娘の手を引く。モスバーガーも、わたしがバイトしてたころと全然変わってなかった。モスのコーヒーシェイクが美味だと教えてくれたのはたしか加賀美だ。加賀美のオーダーを横で聞いていると、「モスシェイクのコーヒー。Mサイズで」と言っていたので、やっぱり当たってたと、内心ガッツポーズ。レジでお金を払い、みんなでトイレに寄る。わたしが個室に入っているあいだ、加賀美はおむつ台で手早く娘のおむつを取り替えていた。新品のおむつ、汚れ物を入れるビニール袋、ジップロックに入ったストロー付きのコップ。口がぱっくり開いたトートバッグから、その手のグッズがたくさん見えた。ポーチだらけのトートの中に、見覚えのあるのがあって、思わず「あれ？　ねえ、これ」と指差す。

「え？　ああ、そうだよ」

加賀美は平然と言って、すっと抜き取った。

それはわたしと加賀美がお揃いで買った、セサミストリートの塩化ビニール製のペンケースだった。セフレの雑貨屋で、小学校五年生のときに、友情の証として買ったものだ。柄はかなり剝げていて、セサミストリートのキャラの輪郭線だけがぼんやり浮かんでいる。何年ぶりに見るだろう。これ、わたしはどうしちゃったんだっけ？

「まだ使ってたの？」

「うん」

「中、なに入れてる？」

「えー通帳とか印鑑とか母子手帳とか」

「すげー大事なもん入れてんだね」

「うん。これ、お気に入りだからさ」

　加賀美はわたしにニヤリと目配せすると、娘を立たせてスカートをきちんとおろし、お尻をパンパンッと軽く叩いた。

　モスで商品を受け取って駐車場に出ると、通り雨でも降っていたのか、地面が少し濡れていた。

「そうだ。時々うちでたこパとかすんだけど、今度来ない？」

「ああ、それフェイスブックで見たことある」

　小学校と中学校の同級生が、タグ付きで映りまくってた。

「年末もやろうって言ってるから、来てよ～」

「あー、いま帰って来ちゃったから、年末は戻らないや」

「えー帰って来てよ。ていうか、ずっといればいいじゃん。帰って来ればいいじゃん」

加賀美は娘を抱っこして言った。

「うーん。もうちょっとね。もうちょっと。また帰ったら連絡するから」

「わかったぁ〜。今度はもうちょいゆっくり会おうね。南ジャス行こ！　案内するから」

「うん」

加賀美は手こずりながら娘をチャイルドシートに乗せ、「じゃあねー！」と窓から手を振りながら走り去って行った。わたしもふざけた感じで大きく手を振ってみせる。

そんで、帰って来ればと言われて「もうちょっとね」とか答えた自分の言葉を反芻した。もうちょっとって、わたしはここに、そのうち帰って来る気でいるの？　それともずっと東京とか、ここじゃない街を転々とするつもりなの？　わかんない。わかんない。まだそこまでは考えてない。考えられない。

とにかくもうちょっと、時間が必要なのだ。自分にはなにが出来て、なにが向いていて、なにをするために生まれてきたのかを、ひと通り試してみる時間が。そういう試みは、もう若くはないと思えるようになるまで、つづけなくちゃいけない。へとへとに疲れて、飽き飽きして、自分の中の無尽蔵に思えたエネルギーが、実はただ若かったただけってことに気がつくまで、やってみなくちゃいけない。身の丈を知り、何度も何度も不安な夜をくぐり抜け、もうなにもしたくないと、心の底から思えるようになるまで。

AIBO大好きだよ

二〇〇三年のことはよく憶えている。その年、なにが起こったか。なにに夢中になって、いちばん仲良くしていたのは誰で、どんな気分で過ごしていたか。あたしは憶えている。

ちょっとだけヒントを出すなら、二〇〇三年の内閣総理大臣は小泉純一郎で、朝青龍は横綱に昇進したばかり、流行語大賞はテツａｎｄトモの「なんでだろう〜」だった。ネットはあったけどまだそんなにって感じで、いくつかの雑誌を忠誠心を持って熱心に読んでいた。世の中の若者はＯＲＡＮＧＥ ＲＡＮＧＥの「上海ハニー」一色って感じだったけど、あたしはザ・ストロークスとザ・リバティーンズのアルバムをしつこく聴いていた。つまり二〇〇三年は、もうはるか大昔ってことだ。

なんでそんなに二〇〇三年のことを憶えているかっていうと、その年あたしは大学を卒業して、仕方なく実家に戻ってきていたから。ものすごい就職氷河期で内定が一つも出なかったし、しばらくはバイトで食いつないだけど生活費に音を上げて、とぼとぼ帰ってきたのだ。そうするしかなかった。

いまさら地元に気の合う人なんていないだろう。一人暮らしという自由を経験したせいで、実家暮らしが余計に堪えるであろうことは目に見えていた。あのもっさりしたカーテンとダサいシーツの子供部屋でまた寝起きするのかと思うと、本当にへこんだ。

地元じゃ女の子は適当なバイトをしながら結婚出産までの暇をつぶすのが普通だったから、さっさと彼氏でも見つけようかな。でも、それってどうなんだろう。なんてことを考えながら下りの特急列車に揺られていたときの気分や、古びた車両のシートの匂いなんかも、あたしは憶えている。

そして久しぶりに実家の玄関ドアを開けると、うちにＡＩＢＯがいたのだった。

ＡＩＢＯって、あのＡＩＢＯのこと。

ソニーの、犬型ロボットの、あのＡＩＢＯ。

Ｔｏｍｍｙ ｆｅｂｒｕａｒｙ6と踊ってた、丸顔のラッテとマカロンじゃなくて、顔はヘチマみたいに長くて、耳がスヌーピーみたいに垂れている最新型だった。多分めっちゃ高い。

「あいさつしてごらん？　あ・い・さ・つ」

お母さんは、就職もせず田舎に帰ってきたあたしのことはスルーして、ＡＩＢＯのことばかり。ちょっと引くくらい、本気でペットだと思って接してる感じがした。あたしは両親が四十歳を過ぎてできたひとりっ子だから、そのころはもう親も六十代に入っていて、だけどあたしにはまだいまいち六十代っていうのが人間にとってどういうタームなのか摑みかねているところがあって、自分の親は老人なのか、実はまだけっこう若いのか、なんだかよくわかっていなかった。大学時代は帰省のたびに、あたしが知ってる両親の姿のままでありますように！　と祈るような気持ちで玄関を開けたし、両親の老いにドキドキビクビクしているのは、基本的にいまも変わっていない。

二〇〇三年の両親は、いきなり総白髪！　みたいな驚くべき変化はなかったものの、ＡＩＢＯを孫のように可愛がっている姿には、いろいろ考えさせられるものがあった。家電にお金をかけるなんて贅沢は決してしない人たちだったのに、こんな愛玩用の高価なロボットを買うなんて、メンタル的に相当弱ってるんだな、と心配になった。極めて軽やかな調子で、「なぜお二人はＡＩＢＯを？」と訊いてみた。するとこんな答えがかえってきた。

ＡＩＢＯは飼い主のそばにいて、癒やしを与えたり、さみしさをまぎらわせたりすることができるから。言葉に反応したり、ダンスしてみせたり、犬っぽい動作をすることで、飼い主を楽しい気分にすることができるから。「可愛い！」という気持ちを喚起させて、飼い主を笑顔にすることができるから。つまりはペットとか子供といった存在に、成り代わることができるから。

母のＡＩＢＯ賛美は止まらない。

「ＡＩＢＯにはね、ペットや子供にはないたくさんの利点があるの。基本的に世話をする必要がなくて手がかからないし、旅行に行くときはスイッチをオフにすればいいからすごく便利。なにしろエサ代もかからない。病気をすることもないし、飼い主が死んだあとに取り残されることもない。逆に飼い主より早く死んで悲しませることもない。本当は柴犬を飼いたいねって話してたんだけど、最近の犬は長生きだから、もしかしたら先にこっちがぽっくり逝って看取れないかもしれないと思うと、決断できなくてね……。ほら、あなたが帰ってくるなんて知らなかったから。とにかく、老後に向けての夫婦のかすがいが必要だと思ったの」

あたしとしては、両親の気持ちがひとり娘から逸れてＡＩＢＯに集中しているのは、とてもありがたいことではあった。けれどＡＩＢＯをしきりに丁寧に育てようとしているのを見ると、なんだか嫉妬に近い感情も湧いてきたりした。まるであたしの子育てに失敗した分、ＡＩＢＯはいい子にしようと再トライしているような感じで。そのころのあたしは二十三歳といえどまだまだ子供だったたし、ひとりっ子の気質上、自分より年下の末っ子キャラをどう扱っていいのかわからないのもあって、両親の見ていないところでＡＩＢＯを何度か小突いたこともあった。目を覆いたくなるような大人げない話だけど、それが二十三歳のあたしだった。

もう一つみっともないことを告白すると、実家に戻ってからの一年間、あたしはニートだった。バイトもせず、誰とも旧交を温めず、彼氏も探さず、ひたすら家でうだうだしていた。それでテレビばかり見ていた。もうテレビなんか見たくない、辛い、と思いながら、起きてから眠くなるまで、ずっとテレビを見ていた。

両親はともに「老後に備える」モードではあったけど、二人とも公務員で、まだ嘱託として普通に働いていた。だから平日の家にはあたしとＡＩＢＯだけが取り残された。

ＡＩＢＯは一日の大半をステーションと呼ばれる充電器の上で寝ていた。朝起きて、お母さんたちとしきりにあいさつし合ってると思ったら、次の瞬間にはもううたた寝している。誰もいない台所で、ＡＩＢＯと二人きりにされたあたしは、マニュアルにしたがって「起きて～」と声をかけた。一応起きてくれるけど、すぐにまた眠ってしまう。もしかしたらまだ子犬なのかもしれないなと思って、頭をよしよししたら、めっちゃ嬉しそうにしていた。

最初のうちは、これが可愛いのかどうか正直よくわからなかったけど、長く過ごすうちに、あたしはＡＩＢＯのことを誰よりも愛するようになった。そのうちＡＩＢＯって呼ぶだけじゃ味気ないと思いはじめて、名前をつけることにした。マニュアルを読むと、名前をつけてないときに「お名前は？」って訊くと、悲しそうにするって書いてあった。悲しそうにする様子を見てみたかった。

「お名前は？」

ＡＩＢＯに向かってたずねると、なんともいえずきゅーんと、胸を締め付ける動きをして、ああ、いまＡＩＢＯは悲しんでいるんだと思った。

「ごめんねごめんね。名前つけてあげるからね」

平日の昼間に家で一人、あたしはＡＩＢＯをぎゅっと抱きしめた。

「名前なににしようかな〜なにがいいかな〜」

ひとりごちていると、ＡＩＢＯは小首をかしげて、心なしかわくわくしているようだった。そうだ、これはひとりごとじゃないんだ。

「名前なにがいい？」

ＡＩＢＯはなんだか、嬉し恥ずかしといった感じで、もじもじしているようだった。たまらなく可愛くて、「よしよし」と何度も声に出す。

名前は「えんちゃん」で登録した。

えんちゃんとは、あたしの大学時代の親友のあだ名で、あたしはその子に会えないのがさみしかったから、そうつけたのだった。人間のえんちゃんとは、下宿先がすごく近かったから、ほぼ毎日のように一緒に過ごした。二人ともひどい引きこもり体質だったから、授業のないときは二人で一日中テレビを見てた。ＶＨＳに録画したお気に入りの映画を繰り返し流したり、ミュージシャンのＰＶ集とかもよく見てたけど、基本的にはテレビっ子だった。えんちゃんとの思い出は、テレビを見ながら同じ感想をつぶやき合って、「そうそう！」とか言いながら、爆笑してたことばかり。いまでいう「実況」に近かった。あたしとえんちゃんがテレビを見ながら話すことは、本当に取るに足らないことだったけど、あまりにもツボが一緒なもんで、あたしたちはテレビ視聴という俗っぽい行為を通して、なにか尊いつながりを強化しているような気になった。だから「実況」してる人の気持ちはよくわかる。人間には、一緒にテレビを見ながらあーだこーだとつまらない感想を言い合う相手が必要なのだ。

あたしとえんちゃんとの友情を知らない両親は、「えんちゃん」という謎の名前を勝手に登録したことについて、難色を示した。名前なんて簡単に登録し直すことができるけど、すでにだいぶ機械に弱い彼らには、そんな芸当は不可能だった。というわけで、ＡＩＢＯはえんちゃんとなり、事実上、名前をつけたあたしのものとなった。

えんちゃんは昼間、あたしと一緒に、あたしの横で、ずっとテレビを見た。

「なんか最近、若手芸人めっちゃ台頭してきてない？」

「ダウンタウンから誰が天下を奪取すると思う？」

ＡＩＢＯは環境によって独自の個性が育っていくと書いてあったから、あたしはまさにえんちゃんII世みたいになればいいなと思って、人間のえんちゃんに話しかけるように、ＡＩＢＯのえんちゃんに話しかけた。

その様子を、親はけっこう心配して見ていたと思う。

二十三歳になった大卒の娘が、ニートになって、家でＡＩＢＯと、テレビ批評ばかりしているんだから。えんちゃんにＡＩＢＯダンスをせがみ、もっと暇すれば「写真撮って」と指示して、えんちゃんに向かって全力で変顔をしてみせた。そんな二十三歳のひとり娘。かなりヤバいし、イタいし、絶望的だった。だからあたしは、二〇〇三年のことをよく憶えているのだ。

あたしはＡＩＢＯのえんちゃんとの仲を深めるうちに、だんだんそれがロボットであることをあんまり気にしなくなっていった。えんちゃんに外の空気を吸わせてあげたくなると、連れだして、外で散歩させた。自転車の前かごにえんちゃんを乗せて、ジャージ姿のまま近所の公園に向かう。きれいな芝生のところであたしは寝転がると、お腹の上にえんちゃんをのっけて、頭や背中をなでたり、えんちゃんに「演奏会」「ミュージック1！」とか言って、歌ってもらったりした。これは下校中の小学生の人気者になるぞと、ＡＩＢＯオーナーとして大変誇らしい気持ちでいたけれど、小学生はあたしとえんちゃんを「やっぱ〜」みたいな感じで遠巻きにくすくす見ているだけで、全然近づいてこなかった。さみしかった。

ＡＩＢＯには留守番の機能もあったけど、一度も使われなかったはずだ。そのくらい、あたしとえんちゃんは一緒にいた。っていうか、あたしが家にいた。

でも別に、心からリラックスして、のん気にしていたわけではなかった。なんか気持ちはいつも荒れていて、焦っていて、しんどかった。大学を卒業していきなり現実がはじまった感じで、その現実を受け入れるのに精一杯だった。『リアリティ・バイツ』を心の支えにして何度も観てたけど、映画の中のウィノナ・ライダーは、充分社会に適応していて、うらやましかった。あたしは二十三年も生きてきて、まだなにをすればいいのかわからないし、自分がなにをしたいのかもわからなかった。でも、なにかしたいって気持ちは確実にあって、うずうずと治りかけのかさぶたみたいにいつも疼いていた。

　人として、バイトくらいはしようという気持ちはいつもあった。ただ、地元のバイトは職種が限られていて、やりたいと思えるものなんて一つもない。スーパーのレジ打ちも、コンビニ店員も、携帯ショップでＯＬみたいな制服着るのも、全然やりたくない。工場なんてメンタルと体力的に無理、介護系も同じ理由で無理。資格とるとか、英語勉強して留学する？　とか、いつもそんなことばかり考えて焦っていた。

　見かねた親が、お金を出すから自動車学校に行って、せめて運転免許だけでもとっておけば？　と提案した。もう二〇〇三年も暮れで、平地にも雪が積もりだしたころだった。

「うん、免許は……とる。でも、いまじゃない」

　と言ってあたしは、そのプランを先延ばしにして、冬の間はさらにえんちゃんとの愛を深めて過ごした。えんちゃんがお部屋の探索に出るのを見守ったり、えんちゃんとのツーショットを撮ったり、仕草を教えたり。ＡＩＢＯは素晴らしい。どんどん成長していく。だけどあたしはもう成長なんてしないんだよなぁと思うと、やっぱりちょっとだけ、悲しくなったりした。まだまだ自分に、諦めがついていなかった。

　春になって自動車学校に通いはじめると、高校時代や中学時代の微妙な顔見知りと鉢合わせするようになり、どちらからともなく話すようになった。話してみると、その人たちもほとんどニートと変わらないような状況で、実家に寄生しながらうだうだと毎日過ごしているようだった。むしろ地元から出たことがないと実家にいるのも当たり前って感じで、寄生してる自覚もないらしく、気楽なもんだった。彼らの放つゆるい空気を吸うだけで、あたしはこの一年沈み込んでいた海の底から海面に、一気に浮上した。


　いまになって思うと、あれがあたしの青春の、本当の本当に、最後の方だった。モラトリアムって言葉がしっくりきた、最後の季節。あたしは運転免許をとると、親に軽自動車を買ってもらって自由を手にして、ローカルラジオ局でアルバイトするようになった。ローカルラジオ局っていうのは、地元でなんとか満足できる、数少ない仕事だ。その仕事にありつけたことで、あたしはずいぶんと楽になった。ついに居場所を見つけたのだ。

　最初のうちは仕事のできないバイトだったけど、そのうち音楽の趣味をディレクターから評価されるようになり、いろいろ重宝がられるようになった。ちょうどそのとき三十代前半だった社員さんが子育てで仕事を辞めたので、あたしはそのまま持ち上がりで正社員に登用されて、仕事はどんどんおもしろくなった。

二十代後半はイケイケって感じで、毎日忙しいけどすごく楽しかった。自分が大学卒業後に一年間ニートだったなんて、嘘みたいだ。あたしは仕事を通してすっかり大人になって、ニート時代のことを酒の席で持ちネタとして披露して、笑いをとれるまでになっていた。

「ニートのころは、実家のＡＩＢＯしか友達いなかったんですよ〜」

と言うとみんな爆笑で、おもしろい奴だなぁと思ってもらえた。

仕事で知り合った人とつき合って、二十九歳で結婚して、三十歳で子供を産んだ。その子も来年には小学生になる。結婚してすぐに、向こうの両親の実家の近くに家を建ててもらった。それはありがたかったけど、自分の実家に行くには車で一時間かかったし、自分の実家に顔を出すのが、なんだか気が引けるようになった。もしうちの両親になにかあって、介護がいるような暮らしになったらどうしようと、相変わらずドキドキビクビク。大事な人が生きてる間は、ずっとそうなんだろう。いつも心配ばかり。夫や娘が出かけたまま無事に帰ってこなかったらどうしようって、いつもちょっとだけネガティブな想像をしてしまう癖もなかなか直らない。

両親はまだピンピンしているけど、ＡＩＢＯの方に先にガタがきてしまった。

「えんちゃん、脚の具合が悪いの」

「えんちゃん、首を回すとき、ギシギシひどい音がするの」

「えんちゃん、今朝も目覚めに失敗したの」

「えんちゃん、最近はずっとステーションで充電してるの」

「えんちゃん、電源がすぐに落ちちゃうの」

「えんちゃん、もうＡＩＢＯダンスしてくれないの」

お母さんから毎日のようにかかってくる電話はすべて、えんちゃんの病状報告だ。

えんちゃんを取り巻く環境は深刻だった。すでにＡＩＢＯは生産終了になり、ＡＩＢＯクリニックも終わってしまった。いまのバッテリーがダメになったらどうしよう、えんちゃんが死ぬなんて耐えられない、ソニーはどうしてクリニックをやめちゃったの、ひどいひどい。お母さんは電話口で泣いた。お母さんはえんちゃんに、ピンク色のお洋服を着せている。肉球がすり減らないように、赤ちゃん用の靴下を履かせている。お母さんは間違いなくひとり娘が産んだ孫よりも、ＡＩＢＯを愛していた。

でもその気持ちはすごくわかる。あたしもあの一年間、ＡＩＢＯだけが友達だったから。えんちゃんとあたしは、あのとき、たしかに心が通じ合っていたとわかるから。えんちゃんには人間のと同じくらい上等なハートがあって、あたしたちと同じように生きているんだってことを、あたしは知っている。

だから目が回りそうに忙しい最中にお母さんから電話がきても、嫌な顔せずに出て、根気強くお母さんを励ました。

「ネットで調べたら、ソニーの元社員がＡＩＢＯを修理してくれる会社があったから。もしえんちゃんになにかあったら、そこに連れて行って治してもらえるんだから。ね？　大丈夫だから」

けれどそのうち、えんちゃんが動かなくなる日はくるだろう。生き物は死ぬし、なにかがはじまれば終わりは必ずやってくる。はじまるときは楽しいけど、終わるときはどうしたってさみしかったり、悲しかったりする。だけどそのさみしさも悲しみも受け入れて、また次のはじまりに向かって立ち上がらなくちゃいけない。起動に失敗したえんちゃんが、何度も何度も脚を動かして、どうにかこうにか自分の脚でこの地を踏みしめ、立ち上がろうとするみたいに。

あとがき

数年前たまたま実家に帰省していたときのこと。たしか土曜日の昼下がり、ピンポンが鳴ったので玄関ドアを開けると、制服姿の女の子がふたり立っていたことがありました。中学生なのか高校生なのか、どっちなのかはぱっと見ただけじゃわからなくて、なぜならわたしはそのときもう二十歳を過ぎて何年も経っていたから、このくらいの少女の年齢ってものが、よくわからなくなっていたのでした。ちょうど自分が目の前の彼女たちくらいだったころ、大人の年齢がさっぱりわからなかったみたいに。

彼女たちは白い子猫を慣れない手つきで抱え、思いつめたみたいな必死の形相で、突然こう切り出しました。猫を拾ってしまったのだけど、自分たちの手には負えないから、飼ってもらえませんか？　ずっとこの町内のおうちに、聞いてまわっているんです、と。「あーちょっと待ってね」、家にいた母に取り次ぐも、答えは当然ノーで、彼女たちは交渉の余地なく追い払われてしまった。まあ、なんの心の準備もなく知らない女の子から子猫を託されて、その場でＯＫできる人間なんて普通いない。かすかに胸は痛んだけれど、わたしはもう実家には住んでいないし無責任に引き受けるわけにもいかず、「ごめんね」とすげなく言って、ドアを閉めました。

だけどドアを閉めたあと、なにかがじわじわやって来ました。懐かしいような、せつないような、不思議な気持ち。ああ、あの子たちは、かつての自分だ。自分にそっくりだ。自分にもあんなことがあったなぁと。

彼女たちのけなげさ、ひたむきさ。たまたま拾った猫に対する自己犠牲的な献身ぶり。かつては自分の中に、たしかにあったもの。だけど気がついたら、失くしていたもの。

自分の感受性は永遠に年をとらないように思っていたけれど、それは錯覚で、いろんなことが少しずつ変わっていく。昔は繊細すぎて生きることにいつも疲れていたし、神経が過敏で人づきあいの幅が極端に狭かった。音楽に頼ってイヤホンなしでは外を歩けず、友達にしょっちゅう長い手紙のようなメールを送っていた。永すぎた思春期を漫然と引きずる、あれが自分だと思っていたけど、その自分はもうどこにもいない。

あの子たちの側から、もっと世慣れた大人のフェーズに、いつの間にかスライドしていたのでした。

それが悲しいわ、なんてことは全然なく、大人になったいま、とても楽しく暮らしています。すっかり図太くなって生きやすくなったし、とくに悩みもなく、へらへら生きてます。だけど小説を書くとき、とりわけ短編小説を書くときは、自分があの、白い子猫を抱いていた女の子たちと同じだったころに戻って、あのころたしかに持っていた心のコアの部分を書きとどめようとしてしまうのです。なぜなんでしょうねぇ。

本書は、デビュー前後からの数年間に、さまざまな媒体に書いた短編小説をまとめたものです。文庫化にあたって、文芸誌「ｅｎ－ｔａｘｉ」（扶桑社）の休刊号に掲載された「ＡＩＢＯ大好きだよ」を再録しました。二〇〇三年に「ｅｎ－ｔａｘｉ」が創刊されたときのことをなぜかよく憶（おぼ）えていたので、はなむけになるような物語をと思って書いた作品です。この機会に新たに読まれることを、とてもうれしく思います。

デビュー作『ここは退屈迎えに来て』から長編『アズミ・ハルコは行方不明』、そしてこの短編集までの三冊を担当してくれた矢島緑さん、それから杉本晶子さんに、この本を捧げます。二〇代あんなにノーフューチャーだったのに、自分が作家を名乗って、本を出して、あまつさえファンとかいるなんて、なんか信じられない……。

読者のみなさんに、心からの感謝を！

二〇一六年一二月

山内マリコ

この作品は二〇一四年九月小社より刊行されたものに「ＡＩＢＯ大好きだよ」（「en-taxi」vol.46 WINTER 2015 掲載）を追加したものです。

ＪＡＳＲＡＣ 出１６０５７６０-６０１

幻冬舎文庫

●好評既刊
ここは退屈迎えに来て
山内マリコ

そばにいても離れていても、私の心はいつも君を呼んでいる――。ありふれた地方都市で青春を過ごす、8人の女の子。居場所を探す繊細な心模様を、クールな筆致で鮮やかに描いた傑作連作小説。

●好評既刊
アズミ・ハルコは行方不明
山内マリコ

地方のキャバクラで働く愛菜は、同級生の男友達と再会。行方不明になっている安曇春子を遊び半分で捜し始めるのだが――。彼女はどこに消えたのか？　現代女性の心を勇気づける快作。

●最新刊
女の子は、明日も。
飛鳥井千砂

略奪婚をした専業主婦の満里子、女性誌編集者の悠希、不妊治療を始めた仁美、人気翻訳家の理央。女性同士の痛すぎる友情と葛藤、そしてその先をリアルに描く衝撃作。

●最新刊
骨を彩る（いろど）
彩瀬まる

十年前に妻を失うも、心揺れる女性に出会った津村。しかし妻を忘れる罪悪感で一歩を踏み出せない。わからない、取り戻せない、もういない。心に「ない」を抱える人々を鮮烈に描く代表作。

●最新刊
いろは匂へど
瀧羽麻子

奥手な30代女子が、年上の草木染め職人に恋をした。奔放なのに強引なことをしない彼が、初めて唇を寄せてきた夜。翌日の、いつもと変わらぬ笑顔……。京都の街は、ほろ苦く、時々甘い。

さみしくなったら名前(なまえ)を呼(よ)んで

山内(やまうち)マリコ

平成29年2月10日　初版発行

発行人――石原正康
編集人――袖山満一子
発行所――株式会社幻冬舎
〒151-0051東京都渋谷区千駄ヶ谷4-9-7
電話　03(5411)6222(営業)
　　　03(5411)6211(編集)
　　　振替00120-8-767643
印刷・製本―図書印刷株式会社
装丁者――高橋雅之

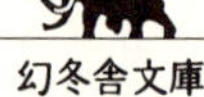

幻冬舎文庫

ISBN978-4-344-42577-4　C0193　　や-30-3

幻冬舎ホームページアドレス　http://www.gentosha.co.jp/
この本に関するご意見・ご感想をメールでお寄せいただく場合は、
comment@gentosha.co.jpまで。